寻找唯一的真相

现代推理馆 | 赤川次郎

随风而去

〔日〕赤川次郎——著

赵文梅——译

中国出版集团 现代出版社

目录

カタログ

有钱的舅舅

这对于两个人来说都是一种不幸。

不管是对有钱的舅舅来说，还是对懒惰的外甥来说。

“喂！”舅舅说道。

“什么事儿，舅舅？”

外甥看都没看舅舅一眼问道。他正盯着电视看足球比赛。

“我决定了。”舅舅说道。

“哦。”除了这句话，一时间只有电视机里转播球赛的声音。

“决定什么了？”

终于，外甥回头，看到舅舅的眼神里透出坏坏的笑意。

“我决定不让你继承我的遗产。”

“但是，舅舅你除了我没有别的亲人啊。”

“我知道，我决定把我的财产全部捐献了。”黑崎隆之介说道。

他的外甥——安井努笑了。但那是僵硬的笑。

“舅舅，您又是一时冲动吧？这么小气的舅舅怎么可能把钱捐给见都没见过的陌生人。”安井努在沙发上坐好，说道，“而且，按照日本的法律，不管遗嘱是什么，是不可能无视和他有血缘关系的人的。”

黑崎隆之介表情痛苦，说道：“你这样的劣根性，我实在受不了了。你就是在等着我死。”

“没有这回事。”

“是吗？是谁说‘等我舅舅死了，他的财产都归我’，又买了越野车？”

安井努脸上的笑意消失了。

“我都知道。”黑崎说道，“你是我死去的妹妹的孩子，你和她像又不像，我妹妹是个温柔善良的女人。”

“舅舅——”

“我对你也没有什么忠告可说了，”黑崎说道，“你也不用等着我死了。现在我准备组织一个财团机构，用以资助那些艺术家，我要把我所有的财产都投资给他们。”

安井努脸上瞬时没有了血色。

“你是认真的吗？”

“当然了，周一律师会过来开始正式办理手续，不管你怎么说，我都不会改变心意的。”

黑崎按了一下特制轮椅把手上的按钮。

“您叫我吗？”

在这个偌大的屋子里，有个人只要被召唤，十秒钟之内就一定会出现——这个人就是已经照顾了黑崎隆之介二十多年的信子。

安井努有时候会想百米赛跑世界纪录保持者会不会就是这个信子啊，而且她跑完绝对连大气都不喘。

是四十岁还是五十岁——这是一个别人不知道她年龄的女人。

总之，她比今年已经七十岁的舅舅要小。

"我想午睡一会儿。"

"好的。"信子推着轮椅走了。

其实像黑崎这样的身份，完全可以定做一款带按钮的轮椅，但是听说他更想让信子推着他。

安井努又看了一会儿电视，但是比起足球比赛他还是更关心舅舅的财产，所以完全没有集中精力。

他从口袋里拿出手机，拨出电话。

"喂。"

"真少见，这个时间点。"听到对方传来明朗的声音，努松了一口气。

"现在能见面吗？"努说道。

"今天还有钢琴课。"

"那不正好吗？逃课吧。"

"你诱惑我啊。"女孩笑着说，"好吧，今天拜托老师早点下课。"

“那我们几点见？”

“嗯——四点半怎么样？在N。”

“好的。”

“吃完饭就回去？”

“吃饭之前先吃你。”

“我还是吃正常的饭就好了。”

说话的叫工藤千鹤。她二十四岁，大学在读，她之所以比同龄人晚两届是因为跟着爸爸去了国外。

挂断电话，努心情稍微变好了一点。

“您要出去吗？”不知道什么时候信子已经回来了。

“嗯，我开车出去。在外面吃完饭再回来。”

“我知道了。”信子默默地出去了。

努开着他的跑车出了宅子，他把这辆车也当作遗产之一。

努打开窗户，风吹进来很凉爽——毕竟已经是秋天了。

安井努不知道怎么理解舅舅黑崎刚才说的话。

被黑崎抱怨也是没有办法的事，他想。

母亲在他十八岁的时候去世，之后就被舅舅收养，当时他正在读高三。总算大学毕业，托了黑崎的关系找了份工作，坚持了没有半年就又去了专科学校和英语口语学校。

而且也只是挂名，他完全没有去上课。

如今三十四岁，无业。

如今靠舅舅的购物卡和一定额度的零花钱度日，虽然饿不死，但是也买不了大件物品。

这辆车也是……

“能陪着你就应该谢天谢地了。”努手握方向盘，说了一句。

他觉得他待在黑崎身边听他那些带着骄傲的絮絮叨叨，就是另一种了不得的“劳动”。

那么作为报酬，把遗产留给他也不会遭天谴。

“要帮那些不得志的艺术家啊？”努自言自语道，“那也救一下我这个不得志的外甥啊。”

车子已经行驶在市中心人来人往的道路上。

“那——”工藤千鹤说道，“也就是说你舅舅在这周之内死了就好了对吧？”

努听着这话就像是在说“这周去看电影”一样轻松。

“啊？”他忍不住说道。

“你不是说律师下周一要来吗？”

“嗯，舅舅是这样说的。”

“那也就是说你舅舅在此之前消失就好了，对吧？”

“嗯……算是吧。”

时间尚早，两个人在六本木的餐厅里吃着晚餐。

当然，见面也不只是吃饭这么简单，努还预订了附近的酒店。

这件事他倒是很乐意做。

“好吃。”

千鹤喜欢美食，努为了女朋友一直在寻找新的好吃的餐厅。当然出钱的都是他舅舅。

“这家店三星。”千鹤说道。

千鹤说“三星”的意思也就是以后还想再来。

“但是，舅舅他还很健壮，再活十年没问题。”

“那你怎么办？”

“不知道……”

看到努无奈地耸肩，千鹤一边往面包上抹沙司一边说道：“那你就会变得身无分文吧。”

“别说得这么直白嘛。”

“那不是明摆着吗？”

“什么结论？”

“就是在这周末之前杀掉你舅舅啊。”千鹤清清楚楚地说道。

“杀人”这样的话从脸蛋这么可爱的千鹤嘴里说出来，真是不敢想象，安井努笑了。

“那真是能成为一大案件呢。”

“我是认真的。”

服务生来收盘子，千鹤笑着说：“很好吃。”

“谢谢，现在给您上甜点。”

等到服务生走后，她又说道：“我是认真的。”

“等下！这也太扯了吧。”

“那，我们俩到此结束。”

“千鹤——”

“放心吧，会陪你喝完饭后咖啡的。”

努呆呆地看着自己的女朋友。

他是在做梦吗?

“但是，千鹤……你说的不是那么简单的事啊。”

“当然啦，钱哪有那么容易就到手啊。”

“但是，还有没有别的办法——”

“听我说。”千鹤打断了他的话，接着说道，“我对穷光蛋的你没有任何兴趣。”

努翻了个白眼看着千鹤说道:“在床上也是吗？”

“当然！”千鹤毫不犹豫地答道，“我喜欢你，但是我讨厌贫穷。”

“这是当然，谁都不喜欢贫穷。”

“我也受过穷。”千鹤说道，“小学的时候爸爸的公司破产，那时候真是辛苦——后来终于过上正常人的生活，也是高中以后的事儿了。”

“我一直不知道。”

“我一直没说过嘛。不想再回顾当时痛苦的回忆。”千鹤的眼睛看向远方，“那时候我就发誓，绝对再也不要过穷日子！不管我以后多么爱那个人，如果他没有钱，我也会离开他。”

努能感觉到她说这话时的认真。她展现出迄今为止努没有见过的一面。

努感觉自己对千鹤的爱意又增加了。

但是这种感情和杀死自己的舅舅又是两回事。而且首要问题在于这样做有没有可能实现目标。

甜点上来了，陷入沉默的两人都专心地吃了起来。

不一会儿，饭后咖啡上来了，千鹤加了奶之后，问道："所以，到底怎么办？我不想听你说这样那样的顾虑，你就回答我到底是做还是不做。"

千鹤直直地盯着努。

如果我现在犹豫不决，千鹤一定会甩了我吧。努这样想道。

"做呀。"努说道。

千鹤终于笑了，说道："太好了！这样我就不用跟你分手了。"

"嗯……"努强颜欢笑，"不过……我能做得来吗？"

"我会帮你的，只要你有决心做。"千鹤的话对安井努来说就是最大的鼓励。

而且，怎么看黑崎隆之介都是认真的。努也觉得得不到舅舅的遗产简直不像话。

"我会努力的，为了我们两个人。"努说道。

"就要这样。"千鹤说道。

就在这时，其他桌子上的客人站起来离开位置，朝门口走去，经过他们的桌子旁，随即停了下来。

“啊呀啊呀。”他的口气听上去很夸张，“这不是小千鹤吗？”

千鹤脸色稍微白了白，说了一句“您好”。

“好久不见，你还好吗？”

“嗯，我是不会说‘托了您的福’这句话的，因为从来就没从舅舅你那儿得到过帮助。”

“你还是一点都没变啊。”男人笑着说，“不介绍一下和你一起的这位吗？”

这人看起来四十大几岁，给人的感觉是生活很优越。

“这是我未婚夫安井努，这位是我舅舅坂东智彦。”千鹤介绍说。

努沉默着点了点头，坂东智彦一动不动地盯着千鹤看。

“你——要结婚了？真的吗？”

“是啊，我都二十四岁了，有什么理由不结婚呢？”千鹤用略带挑衅的口吻说道。

“没有，我是说当然好了。恭喜你啊。”

“谢谢。”千鹤看着躲在坂东后面的年轻女孩，说道：“这是您女儿？”

“喂喂，你不是知道我还是单身吗？这是我在大学教的学生。”

女孩穿着套装，怎么看也就二十来岁。

不知道怎么的，低眉顺眼的女孩引起了努的注意。

“那，再见了。”坂东笑眯眯地说道，“哦对了，你妈妈还好吗？代我向她问好。”

千鹤没有回话。

坂东催促着女孩，出了餐厅。

“我妈妈的弟弟。”千鹤说道。

“看起来有点来头啊。”

“以前是个检察官。现在是个律师，听说非常贵。”千鹤说道，“算了不说他了。”说完一口喝光了咖啡。

千 鹤

“晚安。”千鹤吻了下努，然后下了车。

“那，明天见。”努抬起手挥了挥。

“嗯，明天见。”

努的车消失在夜色中。

千鹤看了一眼手表，快夜里十二点了。

平时就算和努去酒店也不会像今天这么晚，但是今天和他谈了很多。

千鹤向家里走去，沿着可以过车的大路分出来的一条小路。

这条路基本没什么人走，很寂静。

她和母亲工藤昭江一起住的二层楼已经非常旧了。其实她本来想搬到市中心的高级公寓里面的……

回家的途中，有一个小型游乐场。

它小到不足以称为公园，只有几个秋千和一片沙场，现在的孩子也都不屑在这儿玩儿了吧。

白色的灯光直直地照在路面上。

千鹤想径直走过去，但是她突然停了下来。

她听到了口哨的声音。旋律是她熟悉的！

回头一看，一个男的坐在秋千上，一边摇晃一边吹口哨。

对于上了一天班的上班族来说，这个时间是尴尬的。这个人穿着西装，但是没有打领带，头发已经白了，让人觉得已经很老了。

这口哨……

千鹤朝着秋千的方向走过去。

男人注意到千鹤，抬起了头。

“爸爸？”千鹤说道。

男人睁大眼睛说道：“是千鹤吗？”

“嗯。”千鹤点头，说道，“你回来了？”

“半个月前，从东京回来了。”工藤雅也这样说道，“怎么也找不到工作，毕竟已经这把年纪了。”

“您多大来着？”

“五十五了。我的朋友们也都一直在担心退休之后的生活呢。”过了一会儿他又说道，“你长大了，千鹤。”

“当然了，我都二十四岁了。”即使再次见到父亲，千鹤也没有像电视剧里演的那样流出泪来。

对她来说，父亲不过是一个“认识的长辈”。

“你见过妈妈了吗？”

“怎么会?！现在我还有什么脸面去见她。但是知道你们还住在原来的房子里我很高兴。”

“并不是因为喜欢才住在这里的。本来想搬到市中心的公寓里面去，但是没有钱。”

工藤低下头说道：“对不起。我也想快点，在两三年内赚一大笔钱回来。”

“有这么好的事儿吗？”千鹤苦笑着说，“我妈妈，吃了很多苦。”

“我能想到。我想仔细听听……”

“跟你说了也没用啊。你回去吧，就这样什么也别说。”

“是啊。”工藤从秋千上站起来，说道，“能见你一面就很幸运了。”

千鹤看着他走出去两三步，明显感觉他已经是一个老人了。

看到这一幕，千鹤忽然感觉心头一紧。

“危险！”

一瞬间，千鹤不自觉伸手扶住了将要摔倒的父亲。千鹤的手包掉在了地上。

“对不起……”工藤笨拙地说道，“没事没事，还没有老到那种地步——”

千鹤听了把脸靠过来，抱住了这位“父亲”。

“爸爸……爸爸……”不停地喊着，说着忍不住流下了眼泪。

“千鹤……对不起。”

工藤紧紧地抱住自己的孩子，久久没有放开。

啪嗒，啪嗒，雨落在了肩膀上。

“下雨了。”千鹤放开工藤，赶紧擦干了眼泪，说道，“怎么和电视剧里演的不一样，这雨真是不识相。”

“千鹤——”

“等一下，我带伞了。”说着千鹤把包从地上捡起来，从里面拿出一把折叠伞。

千鹤把伞举到工藤的头顶上，挽起他的胳膊，说道：“回家吧。”

“千鹤——”

“没事，妈妈虽然可能当时会生气，但是也会很高兴爸爸回来的。”

“不，但是——”工藤犹豫着说。

“我会和你一起向妈妈道歉的。”

千鹤拉着父亲想要回家。

就在这时，千鹤听到一个女人的声音：

“老公。”

一个撑着伞的女人向他们匆匆走来，手里还拉着一个小女孩。

千鹤一动不动呆呆地看着那个女人。

女人像是完全无视千鹤的存在一样，关心地说道：

“会都淋湿的。我不是告诉你出门要带伞吗？”

千鹤脸色铁青地看着父亲：“爸……”

“那个，千鹤——”

不等工藤说完，女人就打断他的话，说道：“我是这个人的妻子，叫五月。这孩子叫弥生，五岁。因为生在三月，所以取了这个名字。”

千鹤远离了工藤一步。

“好了，老公。”五月催促道，“我多带了一把伞来，这孩子穿着雨衣没关系。”

小女孩穿着红色的雨衣，盯着千鹤看。

是我小时候穿的雨衣！

千鹤差点叫出来。

当然，这是不可能的，这只是一件和千鹤小时候穿的相似的雨衣罢了。

但是，父亲让她穿着千鹤小时候相似的雨衣，千鹤很是震惊。

千鹤像是看到了自己五岁时候的样子。

“那我走了，千鹤。”

工藤什么都没有解释，什么都没再说，小跑到妻子身边，接过了伞。

“好了，回家吧。”五月说道。

五月朝千鹤点点头，拉着弥生跟在工藤后面走了。

一家三口的身影很快消失在夜色里。

——爸爸。

千鹤终于知道父亲为什么一直没有联系她们。

千鹤想，自己又一次被父亲抛弃了……

刚才因为父亲的拥抱而再次温暖的胸膛，立刻冷却了下来。

玄关处的门没有锁。

“又这样……”

千鹤咂舌，走了进去。

客厅的灯开着，窗帘并没有拉上。

“妈。”千鹤向屋里一看，发现母亲工藤昭江正躺在沙发上鼾声四起。

千鹤感觉外套有点勒，脱下来放到沙发上，接着解开了内衣的扣子。

千鹤拉上了窗帘，因为从对面的公寓里面可以看到她们屋里的情况。但是，千鹤想，即使这样，谁也不会想看一个中年妇女吧。

“千鹤？”昭江醒了。

“妈，你又没有锁门。”千鹤说道。

“是吗？反正也不会被偷啦。”昭江打了个哈欠从沙发上站了起来。

“你喝酒了？”

“没办法啊，工作。”

“一把年纪了，多伤身体啊。”

“已经习惯了，才喝这么一点。”

昭江看了看手表，说道：“千鹤，今天真晚啊。”

“有吗？”

“是不是和那个孩子在一起？是叫安井努吧？”

“算是吧。”

“这样啊……虽然我不知道他是个什么样的孩子，但毕竟你们是男女朋友关系，早点回来晚点回来也无所谓了。”

“可以洗澡了，你先去洗吧。”

“嗯，那我去把衣服脱了。”

昭江一边伸着懒腰，一边走上了狭窄的楼梯。

电话响了。这是一部有着年代感的老电话。

“您好。”千鹤接通电话之后对方稍微停顿了一会儿，“家里的电话号码没变啊。”是父亲的声音，“千鹤，刚才对不起。”

千鹤一时间没有答话。

“喂，千鹤，能听到吗？”

“嗯。”

“现在我用车站的公用电话给你打的，她带着弥生去厕所了。”

千鹤的脑海中闪现出一副光景——就像是真的一样。

“爸爸，白天的时候……您还能来见我吗？”

“啊，当然了……你还会再见我吗？”

“当然了，我们是父女啊。”

“是吗，是啊。”父亲的声音听起来很愉悦。

“我告诉你我的手机号码。”

父亲在电话那头慌忙地找可以记录的东西，千鹤在这边耐心地等。

“对不起，我手头现在没有可以记录的东西，五月也回来了……”

“那明天下午三点见。”千鹤突然想到曾经和父亲去的百货大楼天台的游乐园，“在涩谷的S百货楼的天台。”

“那里啊。”父亲好像马上就想起来了。

“那再见。”

“嗯，我很期待。”听父亲的语气是真心的。

放下电话，昭江走了过来，问道：“电话？”

“嗯。”

“谁打来的？”

如果是千鹤的朋友，会打千鹤的手机，打到家里的电话一般都是找妈妈的。

“你觉得是谁呢？”

“什么呀，故弄玄虚。”

“是爸爸打来的。”

昭江一时呆住了，接着笑着说道：“别开玩笑了。”

“真的。”

昭江脸上恢复了严肃，说道：“是你爸？”

“说是回到东京了。”

“哦。”

“说明天想见面，怎么办？”

昭江盯着千鹤看，隔了一会儿说道：“他不是说想见你吗？你想怎么样？”

听到妈妈这样说，千鹤才意识到，原来妈妈也想听见久别的丈夫说想见自己这句话。

但是，她还是从千鹤的语气和表情察觉到事实并非如此。

千鹤想都没有想过母亲会说想要见到父亲。“总之，我想先见一面……”千鹤说道，“妈妈也去吗？”

“对不起，没有提前跟你说，你又这么忙。”昭江耸了耸肩说道，“你们在哪儿见面？”

“在涩谷的S百货大楼楼顶，下午三点。”

“啊，真是充满回忆的地方啊。”昭江笑着说，“不知道现在还有没有小电车之类的。”

“不知道。不过去了就知道了。”

“是啊。那你去看看你爸爸变成什么样子了。”

“嗯。”千鹤点点头说道，“明天见过他之后我就再也不会见他了。”

“为什么？”

“我只是想知道我们分开之后发生了什么，他在干什么，反正他也不会回到我们身边。”

“如果他说想回来呢？你会怎么办？”

“这里已经没有爸爸的位置了，他都已经离开多久了？”

“是啊。”昭江拍了拍女儿的肩膀，“但是你也别太怪罪你爸爸，他肯定也不容易。”

“那不是他自己选择的道路吗？——啊，浴室的水！”千鹤说着跑了出去。

天　台

这里是？

工藤千鹤走到S百货大楼的天台，瞬间呆住了。

这里完全没有了小时候爸爸带她来玩儿时的景象。

想想也确实是这样，现在的孩子都热衷于迪士尼乐园和电视游戏，谁也不会喜欢在天台上吹着冷风，玩小小的电车，坐只能上下摆动的木马吧。

现在S百货大楼天台被人工改造成了一个花园，摆放了很多公园里有的绿植。

距离和父亲约定的时间还早。

千鹤虽然对眼前的这些没有什么兴趣，但是为了消磨时间，就在天台上随便走走。

不经意间，父亲的身影出现在眼前。

工藤果然还是早早地来了，他专注地看着摆在架子上的盆栽。

千鹤几乎站在了父亲的旁边，但是，父亲完全没有发现她。

这怎么看都像是他想买一个盆栽回去装饰家里，至今还没有做出决定。

千鹤观察着父亲，发现他犹豫的不是买哪一个好，而是能买哪一个，或者说他在犹豫到底要不要买。

他穿着昨天晚上见到千鹤时穿着的上衣，从里面拿出钱包，看着钱包里的钱和标价作比较。

千鹤走近他，问："想要哪一个？"

工藤吓了一跳："哎呀，你来了。"

"买一个作为给你的礼物，想要哪一个？"

"不，我不能让你买……"

"有什么不可以，也不是多贵的东西，我也打工挣钱。到底哪个？"

"那……这个稍微贵一点，但是我喜欢这个。"

虽然父亲说贵，但是也不过就两百日元。

"我要这盆。"千鹤对女店员说道并付了钱。

工藤手里提着用塑料袋装着的盆栽说道："我来到屋顶吃了一惊，和原来完全不一样了。"

"是啊。爸爸，你吃午饭了吗？"

工藤没有吃午饭——千鹤是从他瞬间就把午餐吃完了看出来的。

"真好吃。"工藤稍微停顿了一下喝了第一口茶，然后他注意到千鹤只吃了两三口，"那个——我平时都好好吃早餐的，只不过今天早上睡过头了。”

“你现在没有工作吧，靠什么吃饭呢？”

“现在还是失业状态，靠仅有的失业金生活。”工藤又缩了缩肩膀，“但是……她在打工。”

“五月小姐？”

“嗯，在一个乡下的小酒馆认识的。当时我在做回收酒瓶和易拉罐的工作。她竟然跟了我这么一个没有出息的男人。”

“弥生，五岁？”

“嗯，幸好现在工作的酒吧附近有托儿所——本来就是临时工，也不知道能工作到什么时候。”

千鹤把跟前的烩饭推到父亲面前说：“你吃吗？我是吃了饭出来的。”

“你不吃吗？”

天台的餐厅占了将近一半的面积，这在以前是怎么都想不到的。透过玻璃可以看到窗外屋顶上的景象。

“你妈妈现在在做什么？”工藤问道。

“文艺项目的部长，很能干，受到很不错的评价。”

“部长？昭江吗？”工藤瞪大了眼睛不敢相信。

“也不是什么大企业，每天晚上都招待客人参加宴会喝得醉醺醺地回来。不要搞垮身体才好。”

“但是……她以前都不爱抛头露面的。”工藤摇了摇头说道，“结果，反倒是离家出走的我没有混出人样啊。”

“其实妈妈从一开始也不是做这份工作，她白天在超市当收银员，晚上在大厦里面做清洁工……曾经一度同时做两三份工作，不然根本养不起我。”

“是啊……”

“但是，妈妈很有骨气，坚决不出卖身体，也不去风俗店工作，不管多累，都坚持原则。”

“她受累了。”工藤说着叹了一口气，“就是我现在向你妈妈道歉谢罪，她应该也不会原谅我吧。”

工藤一边这么说着，一边风卷残云似的大口吃着千鹤吃剩下的烩饭。

千鹤深切地感受到，现在一贫如洗的父亲对当初抛弃她们母女是多么的后悔。

“如果妈妈同意你回来呢？你会怎么做？”

听到千鹤的询问，工藤语塞。

“那位五月小姐和弥生怎么办？你打算再次舍弃她们母女吗？”

“千鹤……”

“算了。我懂，男人有时候也很无奈。”千鹤转而问道，“爸爸你也来一杯？那两杯吧。”于是又叫了啤酒。

工藤把盘子里的烩饭吃了个干干净净。

“爸你离家出走果然就是为了女人吧。”

“嗯……算是吧。当时她怀孕了，我进退两难……但是绝不是私奔。想着如果没有好的工作，就没有好的收入……然后就遇到了对我有意思的女人，加上认识了小混混，就干脆离家出走了。”

“妈妈倒是什么都没说。没有提一句爸爸你为什么消失不见了。”

“是吗？”

“我也不是小孩子了，能猜出来。男人都一样。”

听了千鹤的话，工藤露出了不安的神情，问道：“你，有男朋友了？”

“我都多大了？”

“嗯，我知道……要是个普普通通的女人就好了，但是听你说——”

“认识这个吗？”千鹤把手包放在桌上，“这是香奈儿，钱包是爱马仕的，你觉得单靠我打工能买得起吗？”

当然，这些都是安井努买给她的。

“那也就是说你找了个有钱的男朋友？”

“是啊。我不想妈妈再受苦。还有一个老头子说要给我出大学的学费。”

“老头子？多大年龄？”工藤探着身子问。

“多大年龄有什么关系。”千鹤耸了耸肩说道。

“有关系！我不想你被钱束缚住！”

“爸！别那么大声音。”

听到千鹤的阻止，工藤红着脸说：“对不起，但是，你不能为了钱……”

“七十岁。”

“七十岁？”工藤激动得声音都变了。

“七十岁怎么了？”

“你是说你为了钱要和一个七十岁的男人在一起？”

“不行吗？七十岁不行，那四五十岁就可以了？这不是很奇怪吗？”

“但是——我是不会同意的。就算是我，也是因为女人才名声不好，但是绝对不是为了钱。”

“别说了。”千鹤苦笑着说，“到底是谁一个月给我几十万的零花钱，和我同龄的男孩子能给我这些吗？”

听到千鹤这么说，工藤无话可说了。

咖啡端来了，工藤喝了一大口：“那他到底是谁？”

“他姓黑崎，黑崎隆之介。应该叫资本家吧，有万贯家财，每天生活无忧。世界上就是有这样的人存在。”

“你妈妈知道这件事吗？”

“我怎么可能告诉她，她不知道我的事。”

“千鹤……”工藤叹了一口气，说道，“要是我能帮上忙的话，是不会让你任由那样的人摆布的。”

“谢谢。”千鹤喝了一口咖啡说道，“那我就先走了，我还有约。”

“是和那个人吗？”

“是不是又有什么关系？我会付完账再走，你慢慢喝，喝完再走。对了，还可以续杯。”千鹤说着站了起来。

“千鹤……”

“这是我的手机号码。”千鹤将便笺递给父亲，接着说道，“有事再联系我。”

看到工藤接了便笺，千鹤说：“那我走了，好好珍惜五月小姐和弥生吧。”

说完，千鹤故意头也不回地走向前台结账，她觉得父亲应该会追过来吧。

千鹤乘坐扶梯向下走的时候装作不经意地回头，确认父亲跟了过来。

千鹤掏出手机打给安井努。

“喂。”

“呀，时间还早啊，怎么了？”努说道。

“预约一家酒店。”

“啊？”

“K 酒店就可以。二十分钟以后过去可以吗？”

“啊，应该可以……”

“那你先过去办理入住手续，到了我再跟你说。”

“OK，那我马上过去。”努说道，“发生什么事了？”

“有点小事。”千鹤说道，“你和你舅舅的事，我想到了好办法。”

“啊？什么办法？”

“一会儿再说。”

“但是——我们开的房不会浪费吧？”

“嗯，当然……当然不会浪费。”

千鹤这么说着，走向了地铁入口，和其他乘客保持着距离。

千鹤的步速正好是父亲可以跟上的。

确实，工藤追在千鹤的后面，拼命地分开其他乘客。

但是工藤和千鹤都不知道的是还有一个人追在工藤的后面。

是五月——村冈五月。

虽然他是工藤名义上的妻子，但是他们并没有真正结婚。女儿弥生也没有被正式承认。

就连工藤自己也因为行踪不明而没有户籍。

五月一直等着工藤和他妻子离婚，自己好正式入籍。但是工藤一直以“太麻烦”为借口拖延，总也没有给出明确答复。

弥生现在也马上要上小学了。在此之前，五月想把这件事办妥了。

五月的种种要求工藤终于厌烦了。

虽然终于回到了东京，但是工藤一直没有去找妻子。

昨天晚上，五月看到工藤不言不语地出去，直觉告诉她工藤去找他的妻子了，于是悄悄地跟在后面。

但是，事实让五月失望了。

工藤对于能见到女儿千鹤心怀感激，对于五月的出现非常生气，一直到回到住的公寓都没有再和她说一句话。

工藤比他的妻子更想一家团聚。

发现了这一点，五月感觉自己对工藤的感情一下子冷却了下来。但是工藤毕竟是弥生的父亲。

无论如何，她都不能让他回到他那个已经分开十年的妻子身边。

今天五月也是观察到工藤的表现，知道他一定是要见他妻子或者女儿，于是悄悄跟在后面。

在百货大楼的餐厅里，五月坐在离两人稍微远一点的位置，但她依然看到了是千鹤请客，这让她非常震惊。

虽然不多，但是五月一直把自己从酒吧挣来的钱给工藤当零用钱花。然而……

五月不知道两人说了些什么，又看到千鹤先出了餐厅，而工藤随后追了过去。

而且看工藤的样子，情况不是那么简单。

会发生什么事儿呢？

被不安驱使着，五月跟在了工藤的后面。

代　理

“你爸爸？”

安井努虽然有些迷迷糊糊没有睡醒的样子，但是听了千鹤的话立刻精神了。

“是啊，我小时候他找了别的女人离家出走了。”千鹤说道，“他现在回到东京了。”

“哦……”

这段对话发生在K酒店的一间房间里。

在这么明亮的房间缠绵也不是什么稀罕事，但是现在，安井努感觉好像并不是因为这个。

千鹤主动提出去酒店开房很少见。努乘兴而来。

两个人拉上窗帘，在昏暗的屋里拥抱在了一起……

“然后呢，怎么办？”安井努说道，“要拜访你爸爸吗？”

“不是的。”千鹤笑着说。

“太好了，我最不擅长这个了。”

“你听我说。”千鹤引导着努把手放在她赤裸的胸上，说道，“是爸爸抛弃了我跟妈妈，特别是对我，他是非常愧疚的。”

“嗯……”

“我和父亲说了，说我是一个叫黑崎隆之介的有钱人的情人。”

努吓了一跳，说道：“千鹤你不会真的这么说的吧？”

“当然不是真的，你听我说完啊。”千鹤瞪着安井努说道。

“嗯……”一点都不了解情况的努乖乖听话。

“先不说我的事，我爸爸听了你舅舅的事现在肯定非常气愤，想着一定不能放过他。”

“嗯，其实人也就是这么回事。”

差不多就行了——对于这点，安井努深有体会。

“我会对我爸说一些话激怒他，为了我的幸福他会杀了你舅舅。”

听到这里，努的脸上终于明朗起来。

“千鹤，这一定会成为名震一时的案件的。”

对于安井努来说，能不自己动手就了结了这件事就最好不过了。

“我说，为了让我爸能顺利地杀掉你舅舅，我们好好安排一下计划，这些都要你来做。”

“嗯，我知道了。”努虽然嘴上这样说，但具体怎么做他完全不知道。

“把你舅舅约出来非常困难吧？那让我爸爸进去你家里会更轻松一些。”

“是啊。”

“这样的话，有没有妨碍的人？”

“那——”努说道，“不行啊，不管怎样，信子总是在舅舅身边。”

“保姆？”

“她可不是单纯的保姆。她是一个让人有点捉摸不透的人。”

“但是她也是一个人吧，是人总会得病受伤之类的吧。”

“我没有见过。”

“这个周末，不管怎么样也要把这个女人从你舅舅身边引开。”千鹤说道。

“也不知道能不能办到。”

“办不到，你就自己动手杀死你舅舅。”

“知道了——我会想办法的。”安井努吓得连忙说道。

千鹤亲了一口安井努，温柔地说道：“我会和你一起想办法的。听到了吗？”

努像松了一口气似的说道：“嗯，我们两个人齐心协力的话一定能办到的。”

其实对于千鹤来说，她想如果把这件事交给安井努，他一定会搞砸，但是……

“那个人叫信子对吧？”

“嗯，不知道姓什么，只是叫她信子。”

“她会外出买东西吧？”

“嗯，但不是每天都去，更多情况下是叫人送上门。”

“让人送上门……有没有什么每天必须使用的东西？比如说你舅舅每天喝的饮料什么的。”

“嗯……他每天都要吃药。”

“药肯定是被好好保管了，那水呢？”

“水？”

“矿泉水？”

“是的。做饭用的，买了一箱放着……啊，舅舅很喜欢一种叫作巴黎水的气泡水，每次吃饭的时候一定会喝。”

“那水也备了很多吗？”

“不，会买十瓶左右放在冰箱里，剩下两三瓶的时候就会再补充。”

“就是这个。”

“这个？”

“如果冰箱里一瓶都没有了呢？而且就在吃饭之前。”

“但是——这是不可能的。”

“你把它们扔了，当然会被人认为很可疑。”

“我去扔？但是如果被人看见了呢？”

“你小心点啊。你肯定能做到，没问题的。”

“是吗？……”努没什么信心似的。

“好了。总之，现在制造一个好的理由，让那个叫信子的女人亲自出去买东西。她应该开车出去吧？”

“嗯，有一辆小轿车。”

“那是她自己的车吗？”

“不是，是我们家的。”

“那就在车上做手脚啊，让她出车祸。”

“比如刹车什么的？”

“对——弄不死也无所谓，让她受伤住院就行。”

“嗯……”努说道，“不知道她会不会受伤啊，想象不到。”

“她又不是机器人，肯定会受伤的啊。”

“她可能就是个机器人。”努半生气地说道。

工藤已经在酒店的大堂里等了很长时间。

虽然他跟踪千鹤来了酒店，但是不知道她进了哪个房间。

没办法，他只能等着不知道什么时候才能出来的千鹤。

想到现在千鹤因为钱被那个姓黑崎的老男人抱着，工藤就气得抓狂。

但凡知道她在哪个房间，他早就冲进去了。

工藤虽然自己也是一个有外遇的男人，但是，他自认为至少是真心喜欢对方。

他觉得用金钱拴住女人是十分卑劣的行为。

当然，反过来说，太缺钱也是一个大问题。

工藤坐在大堂的沙发上不停地看着手表，这一次都落在了位于大堂商店里面的五月眼里。

虽然五月不知道工藤在干什么，但是能看出来是和他女儿有关。

五月想他明明已经有了弥生，现在不去找工作还在游手好闲到处闲逛。有必要和那个叫千鹤的女孩谈谈了。

“莫非……”五月听到有人说道，“你是五月小姐吗？村冈五月小姐？”

“嗯？”五月回头，发现一个穿着一身非常合体的正装的男人站在她后面。

“我是村冈……五月，不好意思，你是？”五月疑惑地看着男人，心想自己什么时候认识这样的人了。

“也难怪你不记得了。”男人笑着说。

五月记得这个笑容。

“莫非……你是代代木？高中同学。”

“呀，你终于想起来了。”

“啊，吓了我一跳。”五月终于认出他就是那个高中时候弱小、皮肤白皙的男孩子，“我都认不出你了。”

“是吗？”

“亏你能认出我啊。”五月苦笑着说，“我都这么年老色衰了。”

“说什么呢，你一点都没变。”

“啊，谢谢。”

“真怀念啊——我说，可以的话一起喝一杯吧，当然也不会勉强你。”

五月犹豫了，想自己和工藤从来没有来过这种一流的酒店。

“嗯，好啊。”

“那，五楼有一家会员制的俱乐部。”代代木催促道。

这时走来一个穿着一身黑西装的年轻男人，说道：“社长，车子在等了。”

“有客人，等一下。”

“好的。”

五月惊讶地瞪大了眼睛，说道：“可以吗？”

“啊，没关系。”

两个人上了电梯。

五月透过正在合拢的电梯门看到了还在大厅里等候的工藤。

“代代木，你高中毕业之后就搬家了吧。”

“嗯，父亲突然开始创业。”

“啊，这样啊。然后呢，成功了是吗？”

“虽然过程很曲折，但是结果还算顺利。”

代代木微笑着说。

俱乐部的门被打开了。

“欢迎光临，代代木先生。”见到常客，店里的人也非常客气。

两人坐在靠里面的非常安静的位置。

“看来你生活很不错啊。”

喝了一杯鸡尾酒，五月的胸膛开始热起来。

“相应地也很无聊。”代代木说道，“五月，你什么时候来的东京？”

“前不久。”

“当然，你应该结婚了吧？”

“我有个女儿，今年五岁，叫弥生。我丈夫——姓工藤，现在还不是正式夫妻关系。”

“这样啊。”

“别问了，我生活很窘迫。”

任谁都会看出来吧？衣着、发型都不讲究。

“你现在是社长，真了不起啊。”

“没那么夸张啦。”

“你家人呢？”

“家里有我老婆和两个孩子。父母已经去世了。”

“是吗？”

“啊，对不起。”手机响了，代代木站了起来。

他走到离桌子有点距离的地方接通了电话。

“是我，这样啊。”代代木的口吻突然变得坚硬起来。

“他好像要连夜逃跑了。”对方说。

“那别让他跑了。”

“当然，把他关在仓库里了。”

“他说什么？”

“哭着乞求再给他三天时间。”

“昨天就到期限了。”

“怎么办？”

“老规矩。”代代木说道，“我这个人不喜欢等，干掉。”

“他老婆孩子怎么办？”

“弄成集体殉情自杀的样子，开车投河什么的吧，交给你了。”

“明白了。”

代代木挂了电话，回到位置上，说道：“不好意思，五月，可以的话一起吃晚餐吧，带上你女儿。”

“但是……那样不太好吧。”

“没关系的，反正总是在外面吃。”

“那，就不客气了。”五月红着脸说道。

教　授

坂东可能是有些累了，在车里睡了起来。

绫子惊了一下，但是为了不吵醒坂东，一动没动。

坂东的手紧紧地抱着绫子的肩膀，整个人靠在绫子身上。

司机也是坂东常用的司机，认识绫子也知道目的地。

但是，绫子在车离大学尚不远的时候还是有些紧张。她的朋友都会从这条路上经过。

虽然绫子并没有那么多朋友，但是她实在不想让别人看到自己和教授同乘一辆车，还是以这样的姿态。

坂东是一名律师，他的工作本应该是非常忙的，但是听说他之所以担任绫子所在大学的客座教授是因为和校长关系匪浅。

当然，和大泽绫子的相识十分偶然。

车子上了大路，迅速汇入车流中。

到这里就没事了。

绫子松了一口气。

坂东每周一次在大学教课，在自己没有特别安排的时候总是就这样把绫子带走。

在第一节课上见到坂东的时候，坂东和其他教授的不修边幅不同，十分潇洒，绫子被吸引了。

但是，她万万没有想到的是坂东真的就这样和她交往了。

“我们将举行一个小组讨论会。”坂东和绫子大声说道，“大泽同学也会来的吧？”

“好的！”

绫子回答得天真无邪。

结果到了市中心坂东的家之后，绫子发现除了自己，谁都没有来。绫子应邀和坂东一起吃饭，喝酒，最终当晚就留下来过夜了。

过后绫子听朋友说，教授每年都会对新生下手，但是并不认为自己是她们其中的一个。

一旦被说成是“成年人的恋爱游戏”，绫子就觉得有些讽刺的意味。

就在绫子即将升入大三的时候，她的父亲自杀去世了。

家人也没有告诉她父亲失业了，直到去世之前绫子才知道这件事。

绫子是独生女，母亲也是十指不沾阳春水的大小姐。

就在母女两人迷茫不知所措的时候，坂东来到了她的身边。

坂东声称不仅要帮绫子出学费，还要给母亲生活费——当然这一切都是建立在绫子听话的基础上。

母亲对此事睁一只眼闭一只眼，对于能保全自己在这世上的体面很是满足。

于是，绫子开始了她的情妇生涯。

说实话，绫子并不理解坂东为什么选择了她。

她并不是特别美，也没有什么引人注目的地方，但是应该有坂东中意的地方吧。

两人乘坐的车子开向了市中心的酒店。

坂东还在睡觉。

不知道他会不会一直这样睡着。

绫子很不安。

明天必须去医院。

恐怕——十有八九自己是怀孕了。

她还没有对坂东说。

说了会怎样呢?

当然，她并没有期待坂东会跟她结婚。绫子本身就没有指望过自己能结婚。

但是，从另一方面讲，自己和母亲已经和坂东有了联系。

诚然坂东是一个讲求法律的律师，会每个月给她们一定金额的钱。

虽然并不能过奢华的生活，但是足够母亲和绫子两个人生活了。母亲有时候还会去看场话剧之类的。她还能像在爸爸死之前一样和那些太太们社交。

能过这样的生活，是坂东对绫子的关心。对于这份关心应该如何回应，绫子一直小心翼翼，脑子里始终有一根弦紧绷着。

坂东知道自己怀孕之后会有什么反应呢？绫子对此感到十分不安。

这时坂东口袋里的手机响了。坂东被吵醒了。

“什么呀……我竟然睡着了。”说着他伸了伸腰，接通了手机，“喂，怎么了？”

坂东拿着手机听了一会儿才再次开口：“是吗？黑崎隆之介的外甥？原来如此。是叫安井努对吧？嗯，调查他，尽快。”

坂东说完之后又说道：“知道黑崎的电话吗？等一下。”

绫子在坂东开口之前拿出了笔记本以便记录。她已经习惯了这样做。

绫子按照坂东说的记下了电话号码给坂东看。

“黑崎一直坐轮椅对吧？好，我知道了。再联系你。嗯，我晚上会去事务所。”

坂东把手机放回口袋里，绫子把记下电话号码的那一页纸撕下来放进了他另一个口袋里。

“那个，是在餐厅见到的人吗？”绫子问道。

“是啊，看上去很不靠谱啊，听说是黑崎隆之介的外甥。”

“那是谁？”

“有钱人。”坂东简单明了地说道，“现在虽然是什么都没干，但是是个资本家，好像没有老婆孩子，所以那个外甥应该是第一继承人吧。”

“他快不行了吗？”

“不，那倒没听说。”坂东摇摇头说，“有钱人就是这样顽强的。即使身体哪里不好，因为讨厌把自己的财产给别人，也会让自己很长寿的。”

“他已经很老了吗？”

“好像已经七十岁了吧，那个外甥也已经超过三十岁了。”

安井努。

这个名字深深刻在了她的脑子里。

在餐厅见面的时候，绫子永远也忘不了安井努看到自己时的眼神，因为那个眼神和坂东在第一次上课时看到自己时的眼神一模一样。

当然，这件事说出来坂东一定会生气吧。他肯定不愿被别人说自己和那个“不靠谱”的人一样。

但是，那个眼神真的一样，就是对绫子这样的女孩子所抱有的关心的眼神如出一辙。

绫子在第一次见到坂东的时候并没有注意到。但是，从那以后，那样的眼神无时无刻不深深地烙印在绫子身上……

安井努用同样的眼神看了绫子。

并且，安井努是一个“有钱人”。

“肚子饿了。”坂东说道。

“我也想吃点东西。”

“是吗，但是太浪费时间了——那就连同你一起吃了。”说着，坂东抱住了绫子。

绫子听到淋浴的声音。

她从床上下来坐到了沙发上。

坂东有点洁癖，洗澡要三十分钟。

绫子从送到房间的餐盘里拿了炸薯条，然后从自己的包里拿出笔记本开始翻起来。

刚才在车里，在记录那个姓黑崎的人的电话号码的时候故意非常用力，虽然把那页有字的纸撕下来给了坂东，但是下一页却留下了字痕。

绫子按照字痕把电话号码输入了自己的手机保存下来。

她想如果这样就能和安井努取得联系的话……

话说，坂东口中那个叫千鹤的女孩算什么呢？

坂东看她的眼神很不一般。特别是当她介绍安井努是“未婚夫”的时候，坂东很明显有情绪波动。

该不会——他们舅甥之间有什么吧？

我要弄清楚！绫子想。

抓住坂东的弱点关乎绫子的生死。

绫子望着有流水声的浴室，突然间露出了微笑。

我是永远都不会让你哭的，总有一天，我会让你对我刮目相看的。

绫子突然想到了什么，打开柜子，从里面找出坂东的上衣。

她从里面拿出手机，找到通讯录，只知道她的名字叫“千鹤”。

“应该是这个。”

有个名字叫“工藤千鹤”。

听不见流水声了，绫子慌忙记下了电话号码，把手机放回了口袋。

千钧一发之际，裹着浴巾的坂东从浴室出来了。

“你醒了？”

“我饿了。”绫子说着拿了根薯条。

“不是刚吃过饭吗？”坂东笑着说。

“我很有食欲，毕竟是两个人。”

坂东用毛巾擦着头发，听到这句话立刻停下来说：“你说什么？”

“我好像怀孕了。”绫子很干脆地说道。

坂东僵住了。

绫子从来没有见过一直很有优越感的坂东会有这样惊呆的瞬间。

就算为了这个表情，绫子觉得说出这件事也值了。

“哦。”坂东说道。

“这可是你的孩子啊，要做 DNA 鉴定吗？”

“不，没有那个必要吧。”坂东一脸严肃地说道。

“等确定了我会好好跟你谈的。”

“什么时候能确定？”

“去医院查完。”

“嗯。”坂东点点头。

“明明告诉你小心点的……”

“我知道，但是，我也不年轻了。我说，绫子。”

“嗯。”

“你现在还是个大学生啊，现在还不能生孩子吧？”

“总之，在查清楚了之后再说吧。”

“啊，是啊。”

绫子觉得这是她第一次在坂东面前占主导地位。

这让她有一种快感。

“你要回去工作了吧？”绫子说道，“我去下面的餐厅随便吃点什么就回去了。”

“好。”坂东松了一口气，从柜子里拿出上衣，从里面拿出一万日元放到了桌上，“吃完再回去吧。”

“谢谢。”

这还是第一次。我变强势了吗？

“需要发票吗？”绫子想着，脱口而出。

变　心

“让你请客，这样真的好吗？”五月放下咖啡杯说道。

“啊，当然了，本来就是我邀请你的嘛。”代代木哲笑着说，“弥生好像吃饱了。”

“是啊。”五月苦笑着说。

弥生已经在沙发上睡熟了。

他们现在在酒店的餐厅里。代代木订了一个包间，他注意到了弥生有些无聊。

“谢谢你，代代木。”五月道谢说，“我们都好多年没有这么忘我地聊天了。”

“别这样啊。”代代木好像有些悲伤，“既然你这么高兴，我们以后再见面吧。”

“如果可以的话……”五月犹豫地说道，“但是，我们完全不是一个世界的人了：我和一个没有工作的男人结了婚，打打零工，而你，是一个了不起的社长。”

“一点都没有了不起。”代代木摇了摇头说道，“对了，五月，你男朋友，叫工藤对吧？要不要我帮他安排一份工作，这点事儿还是能办到的。”

“那，不太方便吧？”

“要是让你为难就算了。”

“没有的事。”五月急忙打断说，“只是，工藤现在因为他女儿的事……”

“女儿？”

“嗯，叫工藤千鹤，现在已经二十四岁了吧，和她妈妈一起生活。”

“原来如此。”

“情况有些不对，他跟踪千鹤……总感觉发生了什么。”

“你能详细说说吗？”

五月认为没有必要隐瞒就把工藤在他们相遇的地点等待千鹤出来的事都告诉了代代木。

“那，看来是有隐情。”代代木点头说道，“我查看查看。”

“你？”

“我很擅长做这样的事，也有足够的人手，交给我吧。”

“谢谢。”

“你还住在原来的地方吧？我明天让人跟着他。”

“工藤他——想回到他老婆身边去。”五月摇摇头说，“他已经厌倦了和我过这种贫穷的生活。”

“确实，每天被生活逼迫是很痛苦的。”

代代木看看正在熟睡的弥生，说道："要是每天生活无忧，不用担心明天吃什么，就算是有什么不愉快也是能忍过去的。"

"嗯，是啊。"

"五月，我的工作多少有些危险，但我还是继承了家业，当了社长，和我老婆一起。"

"危险是什么意思？"

"高利贷等，类似这样的。"代代木耸了耸肩，说道，"说实话，我总是战战兢兢的，你知道的吧？我很胆小。"

五月笑了，说道："是啊。有一次，不知道什么时候有人把蟑螂放进你脖子里，你吓得跳起来，还晕了过去。"

"是啊，你这么一说，还真有这回事。"代代木也笑了，"我现在还是和以前一样，只是现在这是我的工作，多少有些危险也能克服，习惯就好了。"

代代木不经意间握住了五月的手，五月条件反射似的想要躲开，但代代木却抓住她的手不放。

"代代木。"

"我想有个可以安慰我的人，能够给我力量，让我充满活力。五月，你能留在我身边，做那个可以鼓励我的人吗？"

"你是认真的吗？你看看我，我都这么老了，这么苍老……"

“不是这样的，你和之前相比，一点都没有变。”

“代代木，以你的条件可以找比我更年轻更可爱的女孩子的。我想就连你老婆也一定比我年轻漂亮吧。”

“确实，找一个年轻的容易，但是，并不足以让我的心灵得到慰藉。我想找一个能让我安心，能让我完全放松的人。”

“代代木……”

“你不愿意吗？”

五月身体有些发颤。

她没想到在这样的场合，会有男人跟她说这样的话。

五月觉得自己作为“女人”的日子已经结束，但是现在好像这样的日子又回来了一样。

这时候，弥生睁开了眼睛。

“妈妈……”弥生从沙发上起来了。

“弥生，睡醒了吗？”

五月站起来，走向沙发。

“妈妈，饭菜很好吃。”弥生诚实地说道，“我们以后再来吧。”

代代木笑着说：“啊，以后再来呀。我已经这样拜托你妈妈了。”

“嗯。”弥生用力地点点头，又看向妈妈，“尿尿。”

“你自己可以吗？还是我带你去吧。”

五月拉着弥生的手，出门的时候回头对代代木说道："代代木，请容我想一晚上。"

"嗯，可以。"代代木点头说道。

在门外听到五月问服务生："不好意思，洗手间在哪儿？"代代木掏出手机打电话："是我。嗯，没问题吧？好，就这样。还有件事帮我查一下，此人叫工藤雅也，地址是……"

先下手为强。

从他接受这项工作开始就记住了这一点。

"对，把他彻底查清楚。"代代木说道。

没错，就是要通过调查抓住他的死穴。

"他碍事。"代代木说道，"啊，一旦找到……"挡我者死。

当然，能有这样的想法也是拜这件工作所赐。

"拜托了。"代代木把手机放回口袋。

他到现在都忘不掉自己第一次下"让他消失"这样的命令时的情景。

为此他很是耿耿于怀了一段时间。

他当时想自己一定会做噩梦，但是——

他什么都没有梦到，像往常一样入睡，没有做梦。

让别人消失这件事也变得没有那么痛苦了。

把它当成"工作"就什么都能做到。代代木对于这样的自己感到惊讶。

作为妻子的惠美，虽然没有对代代木能成为了不起的继承者抱有很大希望，但是看到丈夫的表现能让爸爸都瞠目结舌，自己也很高兴。

现在惠美的爸爸引退了，把位子交给了代代木。

五月唤醒了代代木隐藏着的“以前的自己”。

代代木和惠美育有两个男孩，对于丈夫在外面有女人这件事，惠美也没有怨言。

迄今为止大部分都是类似模特一样的年轻女孩，要是知道代代木找了一个和自己年龄相仿的女人的话，惠美会吓一跳吧。

五月带着弥生回来了，代代木收起思绪。

“那我开车送你们回去吧。”

“命运的捉弄”并非不存在。

原本，命运对于一个人来说，不论幸运还是不幸，都是一时的体现。

“你回来了。”信子说道，“吃饭了吗？”

“嗯，吃过之后回来的。”安井努说道。

“那太好了。”信子难得说这句话。

“为什么？”安井努问道。

“冰箱坏了。”信子说道。

“啊？”

“本来想抓紧时间找人修理一下的，但是，据说要花费两三天，所以决定干脆买一台新的。”

不愧是信子，当机立断。

当然，黑崎一次能买得起上万台冰箱，没有什么好犹豫的。当然，即使买了也没地方放。

“新的什么时候能送到？”努问道。

“三十分钟以前已经让人去换了。”

“挺快啊。”安井努能想象。如果对方说明天，那么信子一定会给对方施压，说：“你是说今天一天都要不吃不喝吗?！”

“但是，也不能饿坏身子，所以我去买一些必要的东西回来。不是大的超市东西买不全，会花费一个小时左右的时间。我不在的时间就拜托你了。”

“哦，知道了。”安井努说道。

“那我去去就回。”信子说完脱了围裙，拿着车钥匙出门了。

努呆呆地目送她出门，总觉得“买东西”还有“车”这样的词好像在哪儿听到过。

他听着信子发动车子，突然间说道：“啊，对了！”是千鹤说过——总之，让那个叫信子的女人亲自出去买东西。……在车上做手脚……

此时，信子已经开车走了。

但是，现在去车子上做手脚也来不及了吧。车子不在跟前，怎么做手脚?!

随便找个什么理由，拖住信子去购物的时间，趁机做手脚的话——现在说什么也晚了。

这件事还是不要告诉千鹤的好，要不到时又要被骂了。

没办法，事情太突然了嘛……

努这样安慰自己。

这时候廊下的电话响了。

当然，信子在的话一定是她去接。

“你好。”没办法只有努接了。

“那个，是黑崎先生的家吗？”电话里传来一个女人的声音。

谁呢？

“是啊，您是？”

“实在不好意思。安井努先生在家吗？”

“我就是安井努。”

“啊……贸然打电话实在不好意思。”

怎么听都像是搞推销的打来的。

“那个——我叫大泽绫子。和工藤千鹤小姐一起在餐厅见过……”

“啊。”努终于想起来了，“那个，那个，叫什么来着……”

“您是说坂东吗？”

“对对。您是和千鹤的舅舅一起的那个人吧？”

“是的。”

努终于想起来这个有点悲情的女孩。

“您找我有什么事？”

“嗯，我有话想跟您说。”

“和我？”

“是的。给您添麻烦了吗？”

“不，不是……什么事？”

一时间，对方沉默了。努以为对方挂断了电话，“喂？”

“我想让您帮帮我。”她的语气像是下了很大决心似的，“我是被迫成为坂东的情人的。我已经受不了了，与其这样继续下去，不如死了算了。”

“您冷静一下！”努慌忙说道，“您想让我怎么做？”

“请把我解救出去！您一定可以办到！我——自从上次见到您就喜欢上了您。”

听到她这么说，努也心动了一下。因为那时候，他也对这个不知姓名的女孩动了心。

“虽然我不知道具体发生了什么，但是如果能帮上您的话……”

“谢谢。”大泽绫子用流着泪的声音说道，“我想成为您的人。”

“哦……”

“总之现在能见面吗？”

仔细想想，这真是不可思议。

万一千鹤知道了，一定会杀了他吧。

但是，他这也是去救人。

对，救人一命胜造七级浮屠。

“好。那，那明天见面吧。”努说道。

努的命运的车轮被猛烈地向前推动了。

心生杀意

安顿弥生睡下，五月回到了茶水间，发现工藤正用阴沉的眼神看着她。

“喂。”

“什么事？”

“弥生说的是什么意思？”

“你是指什么？”

“她说和一个叔叔一起吃了很可口的饭，那是谁？”

“高中和我在一起的人。偶然碰到了，叙叙旧，吃吃饭而已。”

“弥生还说会再去的啊。”

“孩子的话你也信。就是说如果好吃就再来，客气话而已。”

五月发现喝醉酒的工藤变得很暴躁。

“我倒要说说你，为什么喝这么多酒？”

“我也有我的难处。别管我！”

五月叹了一口气，说道：“好，我不管你。但是，你也去找找工作吧。”

听到五月这么说，工藤突然扬手打了五月。比起疼痛，五月心中的震惊更强烈。

“你……我说得不对吗？”

“闭嘴！”工藤仰面倒在榻榻米上，重重叹了一口气，大声嚷道，“你怎么能明白我的心情！”

“你不说，我永远不知道。”

“不明白就闭嘴！”

“老公，弥生都要被你吵醒了！”

这天，工藤最终在酒店的大堂白等了，没有找到那个玩弄千鹤的、姓黑崎的男人。

工藤为不能拯救千鹤的无力感打败，因此把自己灌醉。

但是，又不能对五月说这些……

最终，工藤打着鼾声入睡了。

五月盯着他熟睡的脸自言自语：“当时怎么就看上这样的男人了呢？”

说完她拿出了手机。

“喂。”

“是代代木吗？我是村冈五月。”

“呀，今天谢谢你。”

“是我谢谢你的款待。”五月说道，“代代木，你说的那件事是认真的吗？”

对方稍微停顿了一下，郑重地说：“当然。”

“那……我就不客气了。”

“真的吗？”

“嗯。我的心已经死了。”

“我知道了。那，明天什么时候去接你们吧？”

“但是，我想工藤一定会闹的。”

“交给我。我最会对付这样的人了。”代代木说道，“谢谢你，五月。”

五月挂了电话再次看了一眼正在熟睡的工藤，面无表情地说道：“这都怪你。不要忘了，这都是你造成的。”

五月拿出旅行箱，开始向里面装行李。

“弥生，起床了。”

五月以为叫醒熟睡的弥生是最困难的一件事，毕竟，孩子是吃饱了回来的。

五月想，要是实在叫不醒弥生就先放弃今天晚上出走的事。要是吵醒工藤就麻烦了。

但是，没想到弥生很快睁开了眼睛，可能是在酒店的包间里睡够了。

“怎么了，妈妈？”弥生用清晰的声音问道。

“小点声音。”五月轻声说，“弥生，听妈妈说，今天晚上和我们一起吃饭的叔叔，说要和我们一起生活呢。”

虽然五月不能很直接地说明，但是弥生好像感觉到了什么一样，说道：“我们不告诉爸爸对吧？”

“嗯，对啊。”五月点点头，“现在起来能走吗？”

“嗯。”弥生重重地点头。

五月松了一口气：“那……把那件衣服带上，换衣服。”

工藤依然鼾声不断。

弥生起床收拾，接着抱着一个玩具娃娃说道：“我只想把这个带走。”

“可以，那，我们走吧。”

五月把旅行箱拎在手里，走了出去。

竟然这么简单吗？

走到外面，五月突然感到身体轻松了很多。

从工藤的身边逃离出来——之前连想都没有想过的事，现在却轻易就做到了。其实原来自己已经就对和工藤的生活不抱任何希望了。

这一切自然而然地就发生了。

和代代木的相遇……

人生真是奇妙啊。五月想道。

在夜间的路上，五月左手拖着旅行箱，右手牵着弥生。

虽然代代木说明天来接她，但是她料定到时候工藤一定会纠缠不清。今天晚上先找个住的地方，明天再跟代代木联系。

走了一段路之后，弥生突然说："是爸爸。"

"嗯？"五月停下脚步听到安静的大路上，工藤正在不断大叫着："五月！弥生！"

"我们躲起来。"工藤在夜色里还没有发现五月她们母女俩。

五月带着弥生躲在了公寓之间的阴影里。

"别动，别说话。"五月对弥生说。

"五月！弥生！你们在哪儿？"

她们缩成一团，听到声音传了过来。

五月紧紧抱住了弥生。

代代木总是称自己是"做夜间生意的"。

当然，白天也有"工作"。但是，有些不得不做的"不干净的工作"，只能在夜间做……

"这一带已经不行了啊。"桌子上摊着一大张地图，"这里建了一幢百货大楼，人流改变了，我们在这里即使再努力，人们也不会来。"

代代木对其中的一个人说："有人想要这块地对吧？"

"是一个实业家。想把这一带都拆了重建各种店面。"

"卖了。"代代木说道，"价钱交给你谈。不要虚报高价。做生意就是让双方都有利可图。"

"我知道了。"

代代木以前认为自己不适合这项"混混"的工作，

但是他取得了成功，正是因为他比别人更加了解这个世界吧。

代代木把一般世界的规则带入了这个世界。

如果是岳父，他就会说："尽可能地低价买入高价卖出。"

但是，这就会招来忌恨，成为麻烦的根源。

代代木很重视"双赢"。

当然，这种表面上的顺利，衍生出了背后的自信。

"还有别的吗？"代代木问道。

"还有件事让我担心。"底下有个人说道，"这次这个家伙，最近迷上了女人，花了不少钱了。"

"如果是他自己的钱就由他去吧。但是如果他胆敢动组织的钱，那就不能放过他。"

"我明白了。"

没有什么可以让他放出"杀人"的话，代代木松了一口气。

"那今天晚上就到这儿吧——"代代木刚说完，就听到手机响了。

"喂？"

"代代木？"

"五月，怎么了？"

"我带着弥生离开了家，但是被工藤发现了。他很生气，在找我们，我好不容易找到一个公用电话……"

“我马上去接你，你在哪儿？”

“嗯……在家附近。啊，我能看到‘北五丁目’的交叉口。”

“‘北五丁目’的交叉口对吧？知道了。我就在附近，十五分钟以后到。”代代木手指一示意，手下的人立刻会意跑了出去，“我已经派人出去了，你小心一点。”

“但是，你不能马上到吧——”

“我说十五分钟就十五分钟，没问题。”

“代代木，你变了。”五月说道。

“我一直在等你。”代代木说道。

十五分钟——真的十五分钟能来吗？

但是，不知道工藤什么时候会出现，所以十五分钟感觉也很长。

五月紧紧握着弥生的手，站在交叉口一角的人行道上。

“妈妈。好冷。”弥生说着靠了过来。

“再稍微等一下，还有不到五分钟了……”

“是爸爸。”

工藤出现在交叉口的另一端。

“五月！站住！”工藤大步跑了过来。

会被打的！五月把弥生护在身后。

这时候一辆车快速驶了过来，横在工藤和五月他们之间。

“请上车！”开车的男人说道。

五月扔下箱子抱起弥生打开车门钻进了车里。

“喂！你们要去哪儿?！”工藤敲打着车窗。

车子并没有理他，瞬间就消失在了夜色里。

工藤呆呆地站在那里，看着车子消失的方向。

“五月……”工藤喝醉了，根本不记得自己打了五月这件事。

五月为什么要离家出走，工藤完全摸不着头脑。

“浑蛋……”工藤跌跌撞撞地朝家的方向走去。

“千鹤……”进了家门，工藤自言自语道。

结果，我就是一个废物。

“不……我一定要救你。”

现在，我只有千鹤了。

我一定要把千鹤从那个姓黑崎的男人手里救出来。

就算拼上性命。我也就这一点用处了。

五月最终也离我而去了。

昭江，千鹤——我当初为什么要离开你们呢？为什么要做这么傻的事呢？

现在时光也不能倒流。但是我还能为千鹤再做一件事。

杀了黑崎，让千鹤得到自由。

“我要杀了他。”工藤说了出来。

拼上命就不信做不到。

首先必须查清楚能在哪里见到黑崎。千鹤她一定知道，但是不一定会告诉自己……

“嗯，对了。”找一个借口。找一个千鹤能接受的借口。

千鹤好像对于工藤没有工作要靠五月养活这件事很是伤心。

就说“想要找份工作。看能不能让黑崎帮忙找份工作”。嗯，这是一个好借口。

把对黑崎的憎恨隐藏起来，对千鹤说：“他那样的人或许能帮忙找一份好工作，你能帮忙问问吗？”对，就这样说。工藤想。

父亲想找工作了，千鹤听了应该会高兴吧。一定会把黑崎介绍给我的。

只要能见到他就好办了。

杀那样一个老年人，不需要理由。

工藤像是已经成功了一样内心激动。

五月和弥生去哪儿了他现在一点都不介意了……

幸福的幻影

咖啡的香味一阵阵飘来。

“妈妈。”千鹤看了一眼厨房，发现妈妈坐在椅子上喝咖啡。

“不去上课吗？”昭江问道。

“这就去。只有一节课，不用着急。”

千鹤穿着睡衣，给自己冲了一杯早餐咖啡，加了牛奶。

“妈妈，您昨天晚上几点回来的？”千鹤问道，“脸色不好哦。”

“大概三点吧。”昭江说着伸了伸腰。

“身体会累坏的。”千鹤皱着眉头说道，“我不要妈妈累倒了，不然我该怎么生活呀？”

“没问题。虽然回来得晚，但是没喝酒。就是敷衍着陪着而已。”昭江微笑着说，“我心里有数。”

“那就好。”千鹤叹了一口气说。

“千鹤，你爸爸，说什么了？”

千鹤一时语塞，耸了耸肩说道：“没说什么。应该会很珍惜家人吧。”

“你看他一直耿耿于怀，一定觉得对不起你。”

“与其觉得对不起我，难道不应该觉得对不起妈妈吗？”

“男人都爱面子，是不会向自己的老婆道歉的。但是，对女儿就不一样了。”

“妈妈……如果爸爸来道歉，您打算原谅他吗？”

“不知道。一直恨一个人是很累的。”

“但是……”千鹤想说些什么，放在睡衣胸前口袋里的手机忽然响了。

昭江有些意外：“你穿成这样还随身带着手机吗？”虽说如此，身为专业的艺术工作者的昭江，也是手机不离身。

“我只有一部手机，妈妈您不是有两部吗？”

“工作和生活一定要分开的。”

“算了，不跟您计较。”千鹤接起了电话，“喂，爸爸？”

“什么？工作？”

“你不是请我吃饭了吗？后来我想想挺不好意思的。”工藤说道。

“这点小事就算了。”

“不，不能这样。这样也太不配当一个父亲了吧。”

“好吧。”

“所以呢，我好好想了想……还是想好好工作。”

“哦。”

“但是，就我这个年龄，工作不好找。你之前提到那个姓黑崎的人，很有势力对吧？”

“啊，是。”

“能不能请他给我介绍份工作啊，你能帮我跟他说说吗？”

千鹤没有想到父亲会说这样的话，一时没有回答。

这时，昭江说道：“把电话给我。”然后就从千鹤手里拿过了电话：“喂，老公？”

“昭江吗？”工藤说道，“你……”

“好久不联系了。”

工藤慌忙说道：“是啊，好久没有联系了。”

这时候，门口有响声。

“是你爸爸？”昭江一下站起来，朝门口走去。

“啊？但是……”千鹤疑惑着跟在妈妈后面。

昭江穿着睡衣，直接打开了门。

工藤雅也站在门口。

“老公，你磨磨蹭蹭干什么呢？”昭江说道，“这不是你自己的家吗？快进来。”

“可以吗？”

“嗯。”

千鹤呆呆地看着。

父亲已经到了门口，却在犹豫着要不要进去。而母亲仅仅就听到了一点动静就马上知道是父亲。

“嗯……”

工藤看到千鹤，轻轻地点了点头。

“欢迎回家。”不知道说什么，不经意间就说了这句。

“还没吃早饭吧？快吃吧。”

“啊……”工藤颤颤巍巍地进来，眼睛到处张望，说道，“还是老样子啊。”

“好了，吃饭吧。”味噌汤、烧鸡蛋羹已经摆上了桌，工藤坐下。

“不好意思。你还要上班吧？”

“上班时间不固定，没关系。”

“这样啊，你很忙吧？真了不起。”

昭江盛好饭。工藤笑着说：“呀，看起来很好吃。”

“多吃点。”

千鹤看着父母两个人的样子，感觉自己很多余。

现在是夫妻时间。

“我去上课了。”千鹤对两人说道，然后回房间快速收拾了一下，出了门。

虽说现在去学校，到下午才有课，但是，无论如何，现在也不能待在家里。

“不知道他们怎么样了。”

父亲说想拜托黑崎给自己找工作的时候，千鹤内心狂喜。因为她知道那是父亲为了见黑崎找的借口。

但是，看到他今天早上见到母亲，和她一起吃早餐的情景，千鹤并没有感觉到父亲对黑崎有任何杀意。

这样，自己的计划就泡汤了。

必须做点什么……

午饭时间，每当有人进入餐厅，大泽绫子都会紧张地坐正，眼睛也一直盯着门口的位置。

“你不容易吧？”安井努说道。

“是……”

“这里很安全，是会员制，所以没那么多人知道。”

“对不起，我有点紧张。”绫子说道。

“但是，你还是很有胃口对吧？”

“我……是个吃货。”绫子说着害羞地脸红了。

“如果套餐不够的话，还可以再点。”

绫子急忙摇头说道：“不用了，不用了，我第一次吃到这么好吃的东西。因为和坂东在一起都是配合他的口味。”

“但是，坂东真的会很过分，不尊重别人的人格。”

努现在已经不知道说什么了。

而且说实话，不仅绫子，努也吃得非常欢。

“没想到咖啡原来这么好喝。”绫子叹了一口气说道，“我以为像我这样的人是体会不到咖啡的美味的。”

“为什么？”

“是坂东说的，他说我不懂得品味咖啡的美。”

“但是你现在知道了吧？”

“嗯，好喝。”

“太好了。”努看到绫子露出真心实意的微笑，松了一口气。

“但是——不好意思。”绫子说着低下了头。

“怎么了？”

“我们也没什么交情，我却贸然请你帮忙。过后我感到非常羞愧。”

“不，当然了，刚开始谁都不会跟谁有交情的。”

“但是……”绫子一脸认真地说，“果然我还是逃不出坂东的手掌心。我会好好珍惜今天的回忆，然后接着忍耐的。”

自己不知道为什么这么义愤填膺——努内心激动。

“如果我能把你救出来，我会帮忙的。”说着努握住了绫子的手。

“好开心！但是，我没有资格这样做。”

“为什么？”

“我……”绫子欲言又止，“我和母亲生活要花钱，所以不管多痛苦也要依靠坂东生存。”

“不是这样的！就算是我——我也不是什么有钱人。我有个舅舅，他叫黑崎隆之介，是个有钱人。舅舅身边只有我一个亲人，所以应该是我继承他的财产。”

“对我来说就像做梦一样。”

“是啊。但是，这就是现实。”努一边悄悄地摩挲着绫子白皙的手一边说，“你接下来有什么安排？”

“没什么特别的安排……坂东今天也出差了。”

“那我们一起去别的地方吧，就我们两个。可以吧？”

“好。”绫子用小得快要消失的声音说完就脸红了。

还有这么清纯的女孩子啊。

努用一种不同于看千鹤的眼神，像是如梦方醒的眼神盯着绫子看。

“但是……”绫子支支吾吾。

“什么？”

“您不是有一位不错的女朋友吗？是叫千鹤对吧？”

“啊。她啊。嗯，算是在交往吧。”

“要是因为我，让你和千鹤之间有什么的话……”

恐怕不仅仅是有什么那么简单吧。要是被千鹤知道了，她一定会掐死自己吧。

但是，努镇定地微笑着说：“不要担心。我和千鹤关系是非常好的，实际上她是我表妹。”

“啊，可是，之前她说你是她未婚夫……”

“那是千鹤故意在坂东面前那样说的。”

“这样啊！那我就放心了！”

绫子第一次露出了和年龄相仿的笑容。

努尝到了自己被依靠的快感，还有能给人幸福的满足感。这两样都是和千鹤在一起时感受不到的东西。

这时候，努的手机响了。

“啊，对不起！”是千鹤，打来的真不是时候。

一瞬间，安井努想要挂断电话，但是，要是挂她电话，之后解释起来更麻烦。

努一边站起来离开桌子，一边接通了电话：“喂。”

“你现在在哪儿？能见面吗？”

“现在有点不方便。就是上次我们说的车的事，我正找熟悉车的人商量呢。”

努脱口而出。

“啊，那没办法了。你有时间再打过来吧。”

“嗯，我知道了。有什么事吗？”

“有点小事。算了，是我自己的问题。你做好自己的那份就好了。”

“嗯，我知道。”

“再见，别忘了打给我。应该不会到晚上吧。”

“嗯。”努看了一眼手表，“傍晚之前联系你。”说完挂断了电话。

努拿着手机的手开始哆嗦起来。

他竟然对千鹤撒谎了。

虽然当时会非常紧张，但他发现自己只要想做也能做出这样的事，连他自己也很震惊。

是啊。要继承舅舅遗产的人是我，不是千鹤。

所以不管千鹤怎么强势，不和我结婚，她就拿不到钱。

就是这样。我没有必要在她面前卑微。

所以，即使我和那个女孩——大泽绫子有什么，千鹤也没有权利抱怨。

努故意挺了挺胸，回到了跟绫子一起坐的桌子前。

“是千鹤小姐打来的吗？”绫子问。

“嗯。”

“千鹤小姐有什么事吗？”

“没什么，就问能不能见面，我就说有重要的事不能见，回绝了。”努故意用特别的语调说道，“重要的事，就是你。”

“嗯。”绫子高兴得脸都红了。

总感觉怪怪的。

千鹤望着手里的电话，歪了下头。

手机信号并没有问题。

总感觉努那边的情况怪怪的。

他说因为车子的事在和别人商量……

要真是这样的话，说明努也下定了决心要好好做了，千鹤应该高兴。

但是，千鹤太了解安井努了，只要是他不愿做的事一定会一拖再拖。

他一定是在千鹤的再三催促下，被千鹤用小鞭子抽着才不情不愿地去做。

照这样看的话，现在能这样主动简直是好到过分。

还有就是努那边传过来的音乐，好像是莫扎特的《四重奏》。

千鹤在搜寻记忆，好像在某次吃饭的餐厅听到过这首曲子……

千鹤一家一家回忆和努一起去过的餐厅。

不是那家，也不是那家……

千鹤想起来了！

是那家会员制的餐厅。好像在那里吃过两三次饭。

想到这儿，千鹤抬手拦下了一辆出租车，赶往那家餐厅。

因为不管怎么想，情况都不对。和懂车的人一起商量车的问题不会在那样的餐厅吃饭。

打车到那里的话也不到二十分钟。

千鹤陷入沉思，等她回过神来的时候，发现自己还保持着紧握手机的样子。

互相欺骗

下了出租车，千鹤推开了那家会员制餐厅重重的大门，走了进去。

“请问您有预约吗？”前台男士问道。

听他的语气完全是一副不是会员禁止入内的感觉。

但是，今天千鹤不准备退缩。

今天，千鹤也用一种理所当然的神态问道：“安井努先生在这里吗？”

对方好像也想起了千鹤。

“你是安井努先生的？”

“未婚妻。”千鹤说道，“我以为安井努先生和我妹妹在这里。”

看到对方脸上松了一口气的表情，千鹤知道自己猜对了。

“原来是您的妹妹啊，他们两位来过，但是十分钟以前离开了。”

“啊，这样啊。”千鹤笑着说，“不巧我的手机没电了，联系不上了。”

“需要帮您打电话吗？”

“不，不用了。我知道他们去哪儿了。我打车去就好了。谢谢。”

“欢迎下次光临。”

“谢谢。”千鹤笑着出了餐厅。

风很冷，但吹在千鹤发烫的脸上非常凉爽。

刚才她说是妹妹，对方并没有反驳，那和安井努在一起的就是个年轻女孩。会是谁呢?!

最近的就是直接去问安井努，他应该很快就会招的。

但是，他即使当时双手合十求饶，心里也一定没有觉得歉疚。

千鹤认为现在和安井努扭着来并不是良策。

千鹤现在的目标就是帮助安井努顺利继承黑崎的家产。

然后，再秋后算账。

“算了。”千鹤自言自语道，“还是年轻女孩好，啊?查出是哪个女孩易如反掌。就当你能顺利骗过我吧。那我今后做起来也轻松一点。”

总之，千鹤现在开始期待傍晚的时候安井努以什么样的姿态出现。

“去上课吧。”千鹤走向地铁。

五月在床上翻了个身。

这感觉和平时不一样。

床什么时候变得这么大？被子什么时候变得这么软？

“嗯？我在哪儿？”

五月惊得一下子坐了起来。

“早啊。”西装革履地坐在沙发上看着五月的不是别人，正是代代木。

“代代木，这是哪儿？”

五月问出口，就想起来昨天晚上的事。

是啊，代代木帮她们订了这家酒店。最好酒店的套间。

弥生很高兴，半夜还能在大大的浴室里重新洗澡。房间服务也是二十四小时的。

弥生吃了意大利面，然后在大床上不用担心什么样的睡相，安心地睡熟了。

五月刚睡醒的样子和弥生没有什么两样。

“这房间太奢华了……谢谢。”五月说道，“不好意思我现在这副样子。”

昨天晚上五月洗完澡穿着浴衣就睡了。

“换洗的衣服，旅行箱，什么都没能带来……”

“你没事就好。”

“嗯——我睡得很好。”五月说完看了一眼弥生，“现在几点了？应该已经下午了吧。”

“你慢慢来就好。这间房间预订了一周，在此期间再好好找住的地方吧。”

五月掩了一下衣服的门襟，说道：“我应该怎么称呼你呢？再叫你‘代代木’是不是太失礼了？”

“说什么呢？我想要的就是以前的五月。我还有工作，先走了。你需要衣服什么的吧，我在外间的抽屉里放了些现金，稍后去买东西吧。”

现在的五月身无分文，只能接受代代木的好意。

“谢谢。”五月低头道谢。

“今天晚上我会来接你的。”代代木有些害羞地说道，然后轻轻挥手，出了门。

五月用手摸了摸柔软的床，确定她不是在做梦。

“我怀孕了。”大泽绫子说道。

迷迷糊糊地躺在床上的努嗯了一声，几乎听不到声音，紧接着终于反应过来，腾地坐起来，说道：“怀孕了？现在？”

绫子眨眨眼睛说道：“当然不是你的。”

“啊……也是啊。”努放心地拍了拍胸脯说道，“那就是……”

“是坂东的。”绫子看着天花板说道，“我不想要那个男人的孩子。”

“嗯，我明白。”

“我想如果要打掉的话，还是不要等太晚。努，你会一直对我好的吧？”

当然，努的脑海里立马浮现出千鹤暴怒的样子。

但是，绫子这句“你会一直对我好吗？”的说法打动了努。

对，千鹤永远不会用“对我好”这样的字眼。

对于努来说，这种细节就是绫子真心的证明。

“当然了，你认为我还能离开你吗？”说着努抱紧了绫子。

“我好开心，我可以相信你的吧？”

“嗯，那当然。”虽然这么回答，但是努已经开始为见到千鹤会不会被发现而担心了……

五月起床后和弥生一起洗了澡。

她收拾了一下昨天的衣服，念叨着：“好了，应该去买些换洗的衣服了”，从抽屉里拿出了代代木留给她的信封。

五月拿出里面的钱时惊呆了。里面竟然有二十万，不，三十万那么多。

这间房间也是一晚至少五万日元。

代代木到底是做什么生意的？

五月第一次开始有了担心。

但是，现在才开始犹豫也已经晚了。

“我们快去百货店吧。”说着她拉起了弥生的手，抓起包走出了房门。

她随即一下子就站住了，面前赫然站着一个穿着一身黑衣服的大块头男人。

不管怎么看，他都不像一个普通的上班族。五月之前也做过女招待，这点还是能看出来的。

这不是一个普通人。他一定是来带我们走的，事情不会那么简单的。

但是，这个男人低下头，说道：“我一直在等您。按照社长吩咐，由我陪您去购物。”

“你？陪我？”

“是的。”

“我们自己去没关系的。”

“不好意思，这是社长的吩咐。”

“社长？是指代代木吗？”

“是的。”

看来代代木比五月想象的还要厉害得多。

“我知道了，那就拜托了。”五月说道。

“车已经在停车场等您了。”

五月拉着弥生走向电梯。

走到地下停车场，五月看到一辆非常大的高级轿车停在那里，戴着白手套的司机为她们打开了车门。

“妈妈，”弥生睁大了眼睛，说道，“还有这么大的巴士吗？”

五月并没有正面回答。

车里面的座位是面对面的。车子开了出去。

“这车真好。”

“是啊——简直可以住人。”五月说道。

就在这辆大车驶出停车场的时候，一辆外国小轿车里面的女人正在看着她们。

“那是谁？新的女人？”忍不住说出这句话的不是别人正是代代木哲的妻子，惠美。

今年三十六岁的惠美和代代木有两个孩子。

惠美的丈夫哲现在接管了组织，拥有绝对的权力。

惠美的父亲以前是组织的老大，由这样的父亲抚养长大的惠美，自然而然地认为既然丈夫拼了命地工作，有其他的女人也是没有办法的事。

但是，即使能在孩子们面前装作很平静，但是惠美毕竟是个女人，知道丈夫找了别的女人时内心依然无法平静。

一直以来，代代木也不是没有找过别的女人，但是每次惠美都会偷偷地观察对方是什么样的人。

于是今天就看到了这一幕……

她听说是代代木以前认识的人。那应该不年轻吧——姑且看看是什么人吧，惠美想。

今天，她在这家酒店的停车场里等，紧接着就看到了村冈五月带着女儿出去了。

她不禁哑然。

她听说对方比自己年龄大，但是见到真人之后，本人看上去似乎更老，还带着孩子。

那个女人到底哪里好？

简直好笑。

但是，惠美没有笑出来，内心反而受到了打击。

惠美慢慢开着车，一直开向了市中心的高层公寓。

“大小姐您来了。”

惠美下了电梯看到两个小辈站在门口。

这一层都是父亲田所和夫的。

“爸爸在吗？”

“在，倒是在……”

惠美走了进去。虽然看到属下有些犹豫，但是惠美并没有在意。

“爸。”惠美走到宽敞的客厅，停住了脚步。

她的父亲正和一个年轻女人抱在沙发上。

“是惠美啊。”田所合上了衣服，表情严肃了起来，“来之前打个电话。”

然后对着年轻女人命令道：“去卧室等我。”

女人捡起落在地上的浴巾，披在赤裸的身上走了。

“这孩子真小，才十几岁吧？”

“二十岁。”田所说道。

“您已经七十一岁了，稍微节制一下吧。”

“七十二了，现在才节制有什么用？”田所笑着说，“你来有什么事？”

“对于女人，男人不管到了多大都一样。”惠美坐在沙发上说道。

“女人？是指对代代木而言吗？”

“嗯，我想听听爸爸你的意见。”

“他是你老公啊，所以我才问你到底怎么了？他是迷上了十几岁的小姑娘吗？”

“要是这样我就不担心了。恰恰相反，他找了一个比我还大两三岁的带着孩子的女人。”

“哦？”

“说是以前的同学。要是个年轻女人倒好了，但事实并不是这样。”

田所恢复了认真的神色：“你在担心什么？”

“我自己也不知道。可能是感觉到那个女人侵入我的领地，威胁到我了而感到恼怒。”

“她能把你取而代之，成为正房？”

“那倒不会。”

“我创立的组织，你是我女儿，我不认为代代木会蠢到忘记这一点。”

“嗯，这点我认同。”

“那就别管他。只要你能把握大局就行。要是代代木有把那个女人放在你前面的意思，教训他就行。如果没有，就别管他。”

惠美想，自己真不该来。

她的父亲果然不懂她。

在她看来，“妻子”的名分并不重要。而代代木向那个女人所求的东西正是应该向自己所求的。这点正是惠美不允许的。

“代代木做得很好，不要为了一个女人就不停地抱怨。你是我田所的女儿。”

“嗯，我知道了。”

“那要不要一起去吃午饭？”

“不管那个女孩了？”

“啊，我忘了。”

“真过分。”惠美笑着说。

事　故

千鹤对味道很敏感。

一见面，千鹤就闻到了努身上不同的香味。

但是，她并没有傻到当面质问安井努。

“你换了化妆水？”

“嗯？哦，没有，之前的用完了。”努随便找了个借口，接着说道，“晚饭去哪里吃？”

是的，已经到晚饭的时间了。

千鹤稍微想了一下说道：“嗯……去那儿怎么样？以前带我去的那家会员制的餐厅？”

努一下子看向千鹤。

“我们不是有段时间没有去了吗？不行吗？”

“不，不是不行。可以啊，当然可以。”努点头说道。

“那我们打车过去吧。”

“嗯。”

上了出租车后千鹤问：“之前说的事情后来怎样了

呢？你朋友怎么说？”

“嗯？啊——那个，他对机器很在行，但是如果不是具体到什么车的话，他也不是很清楚……”

“那也就是说知道是什么车就能搞定了？”

“啊，应该是吧。”

“但是他没问你为什么要这么做？”

“没。没聊那么具体。”

“那他要问起来怎么办？你怎么解释？”

安井努就是随便找了个借口，并没有想那么多。因此，被千鹤这么一问，完全不知道怎么回答。

“现在先不谈这些了。”千鹤决定暂时放过努，说道，“好期待呀。我喜欢那个餐厅的氛围。”

“是啊，让人很平静。”努肯定道。

“你最近有去过吗？”

努被千鹤这么一问，突然又一紧张：“啊，什么时候呢？好像是最近。”

“呀，那真是不好意思。”

“没事，没关系。虽然说是最近，但是也不是特别近……”就连努本人都不知道自己在说什么了。

千鹤拼命忍住不笑。

到了餐厅，两人被带到靠里面的桌子旁。

当然，餐厅的人心里有数，自然不会说像“您中午的时候也来了”这样的话。

千鹤也决定不再捉弄努。为了实现计划，她认真地和他商量事情。

当然，是一边吃着美食一边谈。

“我爸爸说能不能拜托你舅舅帮忙给他介绍份工作。”千鹤说道。

“你父亲？但是——等下，你父亲不是对我舅舅……”

“肯定是为了接近你舅舅找的借口呗。”

“啊，原来如此。但是，不知道我舅舅会不会愿意搭理他这样的请求……”

“总之能不能先帮忙问一下？就说女朋友的父亲正在为找工作的事儿发愁。”

“也对。”

“我倒觉得，说不定你舅舅会答应见见面。有钱人的脾气都很怪。如果你能让他心情好，利用他的同情心，说不定可以。”

“也对……”努也有了些自信。

千鹤对于安井努能不能做好这样的技术活儿深表怀疑。

而且，千鹤当然也知道黑崎并不信任安井努。

“好，我知道了。”千鹤一边吃饭，一边说道，“我去见你舅舅，当面求他。”

“最好是这样。”安井努松了一口气。

“但是，我能见到他吗？那个叫信子的女人允许我见吗？”

“如果说你是我未婚妻的话，她不会拒绝。”努刚说完这句话，他的手机就响了。“谁呢？”努慌忙掏出手机，把头侧到一边接通：“谁呢？喂？”

对方没有说话，但是努能听到对方喘气的声音。

“恶作剧？喂？哪位？”努反复问道。

“是……努少爷吗？”电话那头传来痛苦的声音。

“我是努。你是？”

“我是……信子。”因为他们现在正在讨论信子的事，努吓了一跳。而且现在信子的声音听上去不太正常。

“喂，信子？你怎么了？”

千鹤也停下不吃了。

“车……出车祸了。”

“车祸？糟糕！你没事吧？”虽然努通过电话感觉到并不是没事。

“暂时……我暂时不能动了。”信子听上去很痛苦，“我跟黑崎先生……打过电话了，但是他出去了……请您转告他。”

“嗯，我知道了。”

千鹤大致明白了什么状况，拿出笔记本，在上面写了些什么，把它交给了努。

努瞥了一眼，上面写着：问问是哪家医院！

“啊，那个，是哪家医院？你现在住院的地方。”

“这里是……N 医大医院。”

千鹤小声说道：“是 N 医大医院对吧？跟她说你马上过去！”说完，千鹤就站了起来。

于是两个人饭都没有吃，就打车赶去了 N 医大医院。

“真是吓我一跳，那个信子竟然会遭遇车祸。”出租车中努终于喘了一口气。

“真是没想到是这样的走向。我们必须利用这件事来实施我们的计划。”

“也就是说……”

“就是除去见到你舅舅路上最大的绊脚石！要珍惜这次机会。”

“但是……”

“我们去探病吧，不管气场多强大，生病住院的时候一定会变虚弱。必须找一个代替她照顾你舅舅的人啊。”

“嗯，给家政公司什么的打电话……”

“我来做。”千鹤说道。

“啊？”

“我来照顾你舅舅。没有比这更好的办法了。”

努再次惊得说不出话来。

“事故很严重。”医生说道，“卡车司机疲劳驾驶，开到了对面的车道上。只能说加纳小姐运气不好。正面撞过来，根本无法躲开。”

“加纳？”努说道。

“加纳信子小姐，您想要看望的不是这位吗？”

“啊，当然！不好意思。”

努只知道她叫信子，原来全名叫加纳信子。

“她伤得很严重吗？”千鹤问道。

“全身有十几处骨折，幸好没有生命危险，但是至少三四个月不能行动。”

“这样啊。我们现在能见她吗？”

“可以。不过话说回来，她真是个了不起的人啊。”医生摇了摇头说道，“她竟然还能给雇主打电话，要换别人早就疼得晕过去了。她还拒绝打止痛针。”

千鹤和努对视了一眼。

“她现在正在打止痛的点滴，可能意识不太清醒。”

努和千鹤进到病房，悄悄走到四肢和头部都打着绷带的信子的病床旁。

“信子。”

听到努的声音，信子的眼睑动了动，慢慢睁开了眼睛。

“努少爷。”信子发出沙哑的声音。

“你受苦了。”努说道。

他不擅长这样的场合。

看到受伤的人，自己仿佛也跟着痛苦起来。

千鹤走近，说道：“信子小姐。我叫工藤千鹤，黑崎先生我来照顾。”千鹤的眼睛和信子对上了，“我是努的未婚妻。我会真心诚意地照顾黑崎先生，请您相信我。”

信子一动不动地盯着千鹤的眼睛，虽然她在打着止痛点滴，但是目光清醒无比。

千鹤不知道信子会不会相信自己，紧张地等待着对方的回复。

但是，千鹤也绝不是未经人事的黄毛丫头。

她知道，现在绝不能避开信子的视线。于是她勇敢地迎上信子的目光。

虽然千鹤不知道过了几秒，但是感觉非常长。

信子呼地一下闭上了眼睛。

千鹤松了一口气说道：“信子小姐，您没事吧？”

“嗯……黑崎老爷就拜托你了。”信子说道。

做到了！太好了！

千鹤一边小心谨慎地不做出胜利的表情，一边说道：“那，您保重。我会再来看望您的。”

“看我就算了，请照顾好黑崎老爷。”

“好，我明白。”千鹤催促着努走出了病房。

走到楼道里，千鹤忍不住停下脚步说道：“这个人不简单。”

“你是说信子？”

“嗯。我刚才完全不是她的对手。”

“但是，她现在不能动。之后还是要按我们的想法来做。不是吗？”

“既然答应了信子，必须照顾你舅舅才行。你舅舅的饮食是怎样的？”

“当然是信子在管控。应该是在冰箱里准备上几天的食物吧。”

“我们去看看。”

“啊，想要讨好我舅舅可没那么容易啊。”努说道，“要不还是找人来……”

“那就没有意义了。我要取得黑崎隆之介的信任。”

“但是，你——”

“学校那边无所谓。”

于是，千鹤他们出了医院上了一辆出租车……

火　花

“你都干了些什么！”

严苛的声音传了过来，努禁不住缩了缩脖子。

“舅舅！别扔东西打我啊。”

“你！”

黑崎瞪着努气得说不出话来。

“那个，舅舅，你听我说……”

“叫信子来，我刚才就在找她，竟然没有半点反应。”黑崎坐着轮椅横穿整个客厅。

“舅舅，你听我说，信子她——”

“真是的！一直以来都很小心谨慎，这算什么！什么叫卡车突然撞了过来？”

“信子遭遇了车祸！”

“是要饿死我吗？”

努的话，黑崎完全听不进去。

努知道黑崎是饿得发火，稍微放心了一点。心想舅舅毕竟也是个人啊。

千鹤推着餐车走了过来，她还系上了信子的围裙。

黑崎疑惑地看着千鹤，问道："你是谁？"

"我叫工藤千鹤。"

"你在这儿干什么？"

"我受信子小姐之托来照顾您的。"

黑崎终于想起来努刚才说过的话。

"她出事了？"

"嗯，车祸。信子受了重伤现在不能动。"

黑崎突然从轮椅上的袋子里拿出手机，努吓了一跳。他不知道舅舅还有这种东西。

"我嫌麻烦，总是关机状态。"黑崎说道，"她打电话过来，我没注意到。"

"比起自己的伤势，信子小姐更担心黑崎老爷您。"千鹤说道。

"你们见到她了？"

"我去医院看望信子了，和她一起。"努转头看了看千鹤，"那个——工藤千鹤是我的未婚妻。"

千鹤看到黑崎用可疑的眼神看着他们俩，开口说："总之，您先吃饭吧。这是信子小姐做的饭，我想信子小姐也一直很担心您。"顿了顿又说道，"如果您不喜欢我，可以请别人来，但是今天晚上这顿饭就请您忍一忍吧。"

千鹤的话好像引起了黑崎的兴趣。

“对面。”

“啊？”

“我吃饭总是在对面那个房间。”

千鹤做出松了口气的表情：“好的。努快帮忙推轮椅。”

“嗯。”被分配了这份能做的工作，努非常开心……

努躺在客厅的沙发上迷迷糊糊地不停翻身。对于努来说，这是他最擅长的事情。

“不好意思。”千鹤走了进来，像是要瘫倒一样说道，“让我休息下。”然后就倒在了沙发上。

“喂……没事吧？”努睁大眼睛惊讶地说道。

“这么筋疲力尽，还是高中体育季以来第一次。”千鹤一边喘着气一边说道。

努也很吃惊。千鹤身上全是汗，衣服也被汗浸湿了一半。

“出什么事了？”

“伺候你舅舅洗澡，擦身体，然后让他上床睡觉。”千鹤苦不堪言，“真是体力活，那个信子真是不简单啊。”

“辛苦了，我给你揉揉肩吧？”

努想到自己能做的也就这些吧。

“谢谢。拜托了。”

努没想到千鹤真的会让他揉肩，但还是一下子坐起来绕到千鹤的背后揉了起来。

“啊，太舒服了！这边！用力一点。”千鹤舒服地喘息着。

这时候努突然摸了一下千鹤的胸。

“你干吗？”

“那个，不小心手滑。”努又开始拍打千鹤的肩膀，一会儿手又向千鹤的腰下面摸索过去。

“别这样。”千鹤说道，“我现在没那个心情，累死了。”

“哦。你今天晚上会住在这里吧？那就住我房间吧。”

“你想什么呢。我在信子小姐的房间睡。你舅舅说晚上有需要就会叫我的。”

“需要做到这种程度吗？”

“当然了，约定就是约定。和那个计划是两回事。”

千鹤站起来说道：“我去给妈妈打个电话，不能让她担心。”

“你怎么说？”

“实话实说，就说‘照顾喜欢的人的舅舅’。虽然她会很吃惊。”

“那孩子，”昭江挂断电话说道，“真是让人难以置信。”

“出什么事了？”

工藤雅也洗完澡穿着内衣走了出来。

昭江回头看到，不禁笑了出来。

“很久没见过老公你这副打扮了。”

“都有大肚子了是不是？”

“跟以前几乎没有什么区别的。”

昭江说着啪的一声拍了一下工藤的肚子。

“千鹤怎么了？”

“说是要照顾未婚夫的舅舅，两三天以后再回来。”

“未婚夫的舅舅？”

“一个姓黑崎的人。”

工藤的脸僵在那里。

“这样啊，真是辛苦她了。”

“睡吧，你也累了吧。”

“昭江，我住在这里真的好吗？”

“没什么好不好……还有，我并不是不生你的气了，但是也不能放任不管你。”昭江说道，紧接着她又加了一句，“先说好，我不会跟你一起睡的。我还不想让人觉得我是多么饥渴。”

“好，我知道了。”工藤说道，“那我就放心去睡了。”

“嗯。明天我出差去大阪。一早就会出门。你适当吃点饭。”

“你也挺辛苦啊。”

“晚上就回来了。但是，应该没时间做晚饭了。”

“啊，不用担心。现在也能轻易买到便当之类的。你去大阪出差是当天往返吗？很紧张啊。”

“就算是九州和北海道当天往返也是常有的事。”

工藤叹了一口气说道：“看来我找不到工作被淘汰也是无可厚非啊。”

“现在好好休息吧。你看起来就已经很疲惫了。”

“啊……不仅仅是身体。心情……心累。”

“你好好休息，接下来的事我来想办法。晚安。”昭江说着抓了抓丈夫的手腕。

“晚安……”

于是工藤又看着昭江在客厅的桌子上摊开资料记录了什么之后，终于悄悄地走出了客厅……

铃声响了。

累得睡得很沉的千鹤一下子就睁开了眼睛，但是身体却不听使唤。

铃声不厌其烦地响着。

“马上就来！这就来啦！”千鹤终于反应过来，跑出了信子的房间。

千鹤打开黑崎卧室的房门，一边喘气一边说道：“您叫我吗？”

“太慢了！”黑崎在床上说，“如果是信子的话一分钟之内肯定到。你花了三分二十秒。”

“对不起。”

“拿水来，我要喝水。”

“好的。”

千鹤走到厨房，从冰箱里拿出矿泉水倒进杯子里端了过去。

黑崎喝了一口，说道：“太凉了。”然后绷着脸接着说，“信子没告诉你吗？”

“是的。”

“算了，也不能指望你那么多。”黑崎把杯子递给千鹤，“我的咳嗽可能会发作，到时候你必须在一分钟以内，从那边的桌子上拿一片红色的药片放到我嘴里。”

“明白了。”千鹤说完走到房间的一角站着。

“你干什么？”

“站着。”

“我当然知道你站着。你可以出去了。”

“我担心您咳嗽发作了，我不能一分钟以内到达。可以的话，我就在这里待着。”

“在这儿？那你坐在那里吧。”

“谢谢。”

千鹤浅坐在屋里的沙发上，两手放在膝盖上，一动不动地盯着黑崎的方向。

黑崎关了灯，屋里陷入一片昏暗。

虽然屋里有一点点光亮，但是眼睛适应它还需要一点时间。

千鹤一直注意着黑崎有些粗重的呼吸。

千鹤坐在那里也挡不住困意来袭，有几次差点从沙发上栽下来。

有咳嗽的声音，千鹤立刻清醒了，马上站了起来。

“我给您拿药！”千鹤奔向床边，说道。

“给我药。”

“好。”

千鹤拿了一片红色的药剂放到了黑崎的嘴里，给他喂了水，咳嗽没那么厉害了。

黑崎深呼了一口气，盯着千鹤看。

“你一直没睡吗？”

“一直迷迷糊糊的。”

“哦，已经发作过一次了，你回去睡吧。”

“是。”千鹤老老实实站起来，说道，“我出去了。”然后走向门口。

“你叫千鹤对吧？”

“是的。”千鹤回头答道。

“你是努的未婚妻？是真的吗？他哪里好？”黑崎嘴角露出了笑意。

“和他交往就会发现很多优点。”

“为了钱吗？他自己可没有钱啊。”

“我知道。”

“你和他睡了？”

千鹤面无表情地回答道：“是的。”

“真是想不通啊。”黑崎说道。

“您想不通什么？”

“你跟着努真是可惜了。”

“晚安。”千鹤说完悄悄地走出了黑崎的房间。

权 力

努像往常一样睡到日上三竿才起床。

“对了。”

然后他伸了个懒腰，想起来千鹤为了照顾黑崎昨天晚上留了下来。她现在一定累得没起床吧。

努走向信子的房间。

“千鹤。”

努推开门发现床上并没有人。

已经起来了呀。

努洗了洗脸，走到客厅和厨房，都没有发现千鹤的身影。

是累得回家了吗？这也无可厚非，努想。

本来千鹤就没怎么做过家务，照顾挑剔的黑崎，根本不可能。

“不知道舅舅怎么样了。”

老年人起得早，可能又要饿得发脾气了……

努走向黑崎的房间，刚想敲门，听到里面黑崎在说话。

“你接着说。啊，没关系。”

“现在的数字就可以。接下来是哪里呢？”

他在干什么？努想。于是敲响了门。

“谁？”

“是我。”还能有谁？这不是明摆着吗？努心想。

“进来！”

得到允许，努推门进来，被眼前的一幕惊呆了。

“千鹤！你在干什么？”

黑崎坐在轮椅上面对着桌子。旁边的千鹤在敲击笔记本电脑的键盘。

“别打扰我们。”黑崎说道，“我在工作。”

“但是——”

“你来得正好，喂，叫份比萨外卖。”

“我去？”

“反正你闲着没事干。”

努怎么也没有理由说自己很忙。

“努。”这时候千鹤抬起头说道，“我没时间做午饭了。你也饿了吧？干脆一起吃比萨吧。”

“外卖比萨……”

“厨房的墙上贴着电话。”

“知道了。喝什么？”

"你自己看着办！"黑崎严厉地大喊道。

"知道啦。"努有些赌气地说道。

打开房门，回头看了一眼千鹤。

他期待千鹤会朝他抛个媚眼什么的，但是结果令他失望。

"N 公司的股票涨了。"千鹤看着电脑屏幕说道。

"不用管，都怪今天早上的新闻。"黑崎说道，"马上就会下跌的。比起这个我更关心石油方面。"

"您要看 CNN 的新闻吗？"

"是英文的吧。你帮我翻译，翻译重点就行。"

"是。"

千鹤俨然已经是黑崎的秘书了。

努出了房门走到过道，抱怨道："这是什么情况？"

但是，努被饥饿感打败，心想还是先叫外卖吧。

他快速走向厨房，打电话订了比萨和饮料。刚挂断电话，手机响了。

是绫子！努心跳加速。

"喂？"

"啊，我是大泽绫子。"对面传来怯怯的声音，"能听出来吗？"

"当然了。"努笑道，"我是这么忘恩负义的男人吗？"

"不是。但是，你肯定有很多女朋友吧。"

"你说什么？"

“像我这样的人，只是你众多女朋友中的一个，我想你很快就会忘记我的……”

“绫子！我怎么可能忘记你呢?！”

努坐下来，说道：“我不是答应你会一直对你好吗？”

“我好开心。真的吗？我觉得自己在做梦。”

看看，这才是优雅的女孩子嘛。努心想。

“努，今天能见面吗？”

“今天？啊……可以啊。傍晚？”

“我有事和你商量。那个——关于我肚子里的孩子。”

“哦，那个叫坂东的人的孩子……”

“嗯。我不想要那个男人的孩子。你知道的吧？”

“当然。”

“你能帮我找个医生吗？”

“医生？我知道了。我找找看。”

“谢谢！我只能拜托你。”

“你有事找我就好。”虽然努迄今并没有被人求帮忙的经验。

“那我们在哪儿见？”

“还是在上次那家酒店的大堂怎么样？”

“嗯。那四点？”

“嗯。到时候见。”

千鹤站在房门的阴影里，听得清清楚楚。

坂东？是指我认识的那个坂东吗？

千鹤忘记告诉努要订的比萨的种类，赶紧跑了出来，却听到了努打电话的内容。

绫子。

“啊……”原来是她！坂东带来的那个女孩子。

努是怎么认识那个女孩的？而且还在说“医生”什么的。

“嗯，我爱你。”

千鹤听着努甜得发腻的声音非常生气。

狠狠揍他一顿还是狠狠踢他一脚？但最终，千鹤忍住了。

她了解努。只要稍微一威胁他，他就立马变得老老实实。

现在还没时间跟他吵架。

千鹤故意远离房门，一边喊着“努”一边走向厨房。

努吓了一跳：“怎，怎么了？”

“我还没告诉你点什么样的比萨吧？你已经订完了吗？”

“啊，啊，我订了混合种类的，不行吗？”

“我无所谓，但是黑崎先生说要菌菇类的。”

“我知道了，我马上重新打电话订。”

努慌忙再次给比萨店打电话。

这期间，千鹤冲了一杯咖啡。

“赶上了。”努说道，“千鹤，你没问题吧？”

“嗯。”千鹤说道，“你的舅舅大人好像已经很中意我了。”

“那就好……”

“信子小姐虽然很优秀，但是她好像不懂英语吧。我用电脑查到海外信息的时候你舅舅立刻就被我吸引了。”

“虽然这样也好……”努用手环上了千鹤的腰，“要是被你的身体吸引了……”

“傻瓜。”

刚刚才对那个绫子说完我爱你。千鹤心想。

但是，千鹤不露声色，反而引诱似的靠近努。

“你马上就要回去是吗？”

“嗯。现在不行。等晚上吧。”说着，千鹤亲了一下努，“我去了。”

千鹤端着咖啡，快速走出了厨房。

看着千鹤的背影，努自言自语道：“还是千鹤能干啊……”

一方面，被绫子拜托，身为男人的努很高兴；但另一方面，自己心里也没把握能不能办到。

努并不习惯自己做决定。被千鹤那样以命令的方式指挥，他反而觉得更轻松。

“但是我也不能一辈子被她压制啊。”

如果是绫子的话，她一定会什么都听我的，她一定会支持自己，说“什么都听你的”吧……

毕竟，她不谙世事。

一定要在傍晚去见绫子。努想道，要订酒店!

在这件事上他倒是反应很快。

绫子说有事跟他商量。

“医生吗？对，先找医生。”

问问千鹤？说什么傻话!

努想到大学时代有个朋友的爸爸是医生。

虽然朋友自己也成了医生，却说什么即使身体不舒服也别来找我看啊。是个医术不怎么高明的大夫。

但是因为他父亲的关系，应该会认识不错的医生吧。

努回到房间，拿出之前的笔记本，找到地址和电话。

“安井努？难得呀。”

电话那头的医生朋友好像很开心：“找我什么事？”

“我有事和你商量……”

“关于女人的吗？”

“啊？算是吧。”

“是要堕胎吗？”

“你倒是很清楚啊？”努很吃惊。

“你能找我商量的也就这点事儿了吧。你是完全没有压力的人，所以也不会得胃溃疡什么的。”

他这番话让努听了很不高兴，但是能单刀直入也不错。

“你认识不错的医生吗？”

“介绍给你还是不成问题的。你什么时候需要？”

“那……我要问问她了。”

“那到时候你打我手机。”

努记下了他的手机号码。

“不好意思。我先说清楚，孩子不是我的。”

“啊，我知道。我就当不是你的。”

看来他一点都不相信。

最终，他们的电话以什么时候在哪儿喝一杯结束。

努暂时放心了，这样绫子的问题就从自己这里脱手了。

总之，只要不是自己的问题，努一向采取事不关己高高挂起的态度。

“抛。”黑崎说完挂断了电话，并把手机递给了千鹤。

然后微笑着说：“刚才那句话，赚了四千万。”

千鹤忍不住吸了一口气。

“恭喜您。”

“什么？不是什么大事。”

黑崎喝了千鹤端来的咖啡，说道：“好喝，不比信子做得差。”

“多谢您夸奖。”

“你认为呢？”

“什么事？”

“就在刚才一瞬间，我就可以赚到一个普通工薪阶层好几年的工资。你不觉得世间很不公平吗？”

“与其说不公平，倒不如说世界上有各种各样的人。我也很喜欢平时勤勤恳恳工作却仅仅能吃饱饭的普通人。虽然贫穷艰辛，但也并非做有钱人就一定好。然而，看到通过自己的力量调动一大笔资金来工作的人，我内心就很兴奋。”

“这样啊。”

“说实话，以前听努说的，我还以为黑崎先生您每天就是吃喝玩乐什么都不干呢。”

听了千鹤的话，黑崎笑了：“那家伙，我做事的时候他一般都没起床呢。”顿了顿又接着说，“而且，他只知道羡慕别人，只看到成功人士光鲜亮丽的一面，却永远不关注他们为此付出的辛劳。”

“可能是这样吧。”千鹤开始认真思考黑崎的话。

“好了，稍微休息一下吧。你也累了吧。”黑崎说道。

“不，我一点也不累。”千鹤立刻回答道，“要不要上网看看欧洲市场的情况。”

“不要着急。”黑崎说道，然后左右活动活动了头，“肩膀有些酸，你能帮我捏捏吗？”

“是。”千鹤绕到黑崎轮椅后面，“我不是专业的，请您见谅……”

“没关系。”

“那我开始了。”千鹤把手搭在黑崎的肩上，黑崎随即把手放在千鹤的手上。

“黑崎先生……”

黑崎拉着千鹤的手。

千鹤从黑崎的背后弯腰，轻轻偏过头，嘴唇很自然地和黑崎的嘴唇重合在一起。

平静的地方

惠美下了车。

天下着雨，非常冷，让人觉得冬天不远了。

现在正处在午饭和晚饭之间的时候，所以餐厅里并没有什么人。

“大小姐。”出来迎接她的是一个穿着一身黑衣服微胖的小个子男人。

“木谷，好久不见。”惠美说道，“你是不是胖了？”

“是的，缺乏运动。大小姐您倒是一点没变。”

“不要再叫我‘大小姐’了，我现在是代代木哲的妻子。”

“明白了。”

“对了，人来了吗？”

“在里面的房间等您呢。”

“知道了，你在这儿守着。”

“交给我吧。”

“你知道怎么回事吗？”

“我事先问过了。您带现金了吗？”

“带了。”

“那就没问题了。”

惠美带了一个大一点的箱子。她穿过有些空荡的大堂，走向里面的包间。

打开门，惠美看到男人坐在里面喝茶，感觉就是一个再普通不过的上班族，长着一张在街上遇到马上就会忘记的脸。

“你？”惠美说着，拉了椅子坐下。

“说吧，什么事？”男人问道。

“就是这对母女。”惠美拿出一张街拍的照片放在了桌子上。

男人仔细看了一眼说道：“孩子也一起吗？”

“不杀死也没关系。”惠美说道，“吓唬吓唬，让她们自觉消失就可以。”

“您的订单很有难度啊。”男人苦笑着说，“请您注意一下您的措辞。”

惠美不解。

男人怕被录音，从头到尾都没有说出“杀人”字眼。

“不好意思。”惠美反应过来了。

“没想到像您这样的人也会有如此慌乱的时候。”

“见笑了。”

“姓名告诉我。”

惠美递给他一张字条。

“好。”

“这是订金。”惠美把带来的箱子放在桌子上。

男人打开箱子，向里面看了一眼说道：“好的。”然后马上合上了箱子。

“那就拜托了。”惠美站起来想走。

“请等一下。”

“什么事？”

“虽然您说只要让她们消失就可以了，但是这反而并不容易。当然，我会按照您的意思去办，但是实际情况常会超出预测，也有不能简单收手的状况发生。这样你能理解吗？”

惠美在回答之前犹豫了一瞬间。

这个男人的意思就是在问万一有特殊情况，是否可以杀死她们——村冈五月和她的女儿弥生。

如果惠美给男人肯定的回答，日后被代代木知道了的话……

惠美不能想象丈夫会怎么样。但是——对啊，我是田所和夫的女儿，没有什么好怕的。

惠美想到这里点点头说道：“可以，去做吧。”

“交给我。”

惠美出了包间。

餐厅门口，木谷等在那里。

“辛苦了，我来这里的事绝对不要告诉我丈夫。”

“我会烂在肚子里。”木谷低头说道。

“作为感谢，钱我会打到你账上。”

“大小姐……”

“不用在意，拿着吧。”

“谢谢您。”

惠美离开了餐厅。雨还没停。

车子开出之后惠美感觉心情好一点了。

现在后悔也晚了。猎犬已经放出去了。它会直冲向猎物，一口咬断它们的喉咙吧。

“这样就好。”惠美低声念叨着，“这样就好。”

“代代木，你……”五月说道，“我这样称呼真的好吗？”

“为什么这样说？”

“因为……我和弥生都受你照顾……”

“我只是要感谢你，这里的房间和钱都是为了感谢你。”

“原来我对你并不了解。”

“我一点都没变。”代代木说道，“在你面前我还是以前的代代木哲。”

这一幕发生在酒店的房间里。

弥生吃饱了午饭，躺在沙发上睡熟了。

五月和代代木很自然地脱了衣服，躺在床上，抱在了一起。

“我不懂哎。”五月笑着说，“我这样的大婶哪里好？现在你应该想要多少年轻的女孩子都可以吧。”

“但是，你只有一个。”代代木将头搁在五月的胸口。

“就像做梦一样。”

代代木深吸了一口气：“不是梦，但是也不是现实。”

“是吗？”

“我还要继承田所和夫的家业。”

“田所……”

“我岳父，黑道上的人。你应该知道吧。”

“真有这样的世界啊？”

“是啊。我和田所和夫的女儿结了婚。结果，就要继承他的衣钵。”代代木表情痛苦，“刚开始，我也认为我干不了这样的工作，也想和惠美分手回归普通人的生活。”

“但是，你没有这样做对吧？”

“是不能这样做，我和她已经有了孩子。而且一旦踏入这条道就再也不能抽身。抽身的方法只有一个。”

“是什么？”

“就是死。”

代代木说得太轻松，五月不由得身体一紧。

“对不起，吓到你了。”

“没关系……但是你现在不是在他的位子上做得很好吗？”

“嗯，工作的时候我让自己变成另外一个人。当然我也知道这样的工作方法不适用于所有人。但是，至少在我的地盘通过这种做法还能够稳住局面。”

“我……不想听、不想听关于你工作的事。”五月说道。

“没关系。我也不想知道。至少现在，就想这样和你在一起，忘记一切。”

“代代木……”五月紧紧抱住了代代木。

一时间两人都没有说话。

一会儿之后，五月深吸了一口气说道：“我感觉自己好像又重新做回了女人……”

“五月……”

“但是，我也很担心。”

“担心什么？”

“担心你妻子。是叫惠美对吧，觉得对不起她。”

“啊，你说她啊，没事的。”

“为什么？”

“她不介意我在外面找女人。在这点上她倒是和别人不一样。她的口头禅就是不找一两个女人，男人都没法工作。”

“真有意思。”五月笑着说，“但是我并不觊觎她正室的位置。我想让她知道这一点。”

“嗯，是啊。有机会的话我安排你们见面。我也不想偷偷摸摸。”

“好害怕。”

“不用担心。”代代木摸了摸五月的头发，“比起这个，我才觉得对不起。”

“为什么？”

“强行把你和弥生拉到我的世界里来。当然，这一行和之前也不一样了。比起之前的打打杀杀使用暴力，现在也慢慢开始使用网络，用合法的手段赚钱了。”

“是吗？”

“现在骨干中的三分之一都是一流名牌大学毕业的大学生。公司的办公室也位于市中心的高层写字楼里。”代代木说道，“但是世人尤其警察的眼光和看法不是那么容易改变的……”代代木没有再说下去。

“然后呢？你想说什么？”

“但是，有时候迫不得已，也还会用‘暴力’解决问题。虽然尽力避免，但是，有时候也不得不……”

五月亲了一下代代木的嘴唇，说道：“你很痛苦吧。”

“这是我自己选的路。没办法。我会拼尽全力不让你和弥生卷进来，但是也不敢保证就完全没有。”

五月之前没有想这么多。

“你是说我们会遭遇危险？”

“当然这种可能只有万分之一。”代代木赶紧说道，“为了以防万一，我会派人贴身保护你们。”

“保镖？”五月笑了，“真不容易，我们好像也高大上了不少。”然后五月正色道，“我怎么样都能过得去。就是弥生……”

“嗯。我明白。而且，我会送她去好的幼儿园。”

“呀，你连这点都想到了。”

“我想这样做。你就听我的吧。”

“嗯。都听你的。都到了这一步，我也不跟你客气了。”

五月突然起身说道：“弥生睡醒了就不好了，要起来了。”

“我也有工作在等我。今天晚上再联系你。”

“嗯。”

两人刚下床，就听到弥生喊妈妈，然后看到两个人一脸的不可思议，问道：“你们是一起洗澡了吗？”

噩　梦

“那，就是没问题了吧？”大泽绫子说道。

“我有个朋友是医生。”努说道，“虽然他不是这方面的专科医生，但是说可以给我们介绍好医生。”

“谢谢，终于松了一口气。”绫子说道，坐在了沙发上。

“今天见面之后再详谈吧。”

努打电话过来，绫子在酒店的房间里接通了电话。

“拜托你了。”绫子说道，“要是医生不好的话，我怕日后……”

“不用担心。”

“嗯。我想说，今天我被坂东叫出来了，应该没有那个的时间了。”

“那怎么办好？”

“你能在酒店附近等我吗？坂东一回去，我就联系你。”

“我知道了，等你。”

“拜托了。”绫子挂断了电话，深呼了一口气。

然后像自言自语似的说了一句："这样就好。"

为什么没有注意到有人进来，绫子自己也不知道。

可能是坂东比平时进来得更安静吧。

"什么这样就好？"

绫子回头遇上坂东冷冷的目光。

"老师……"

"如果不是好医生，怕日后怎么了？你想打掉孩子吗？"

"您生气了吗？"

"当然了。"

"但是，为什么呢？您不是不想要孩子吗？"

"这不是重点。我不允许你擅作主张随便做决定。"

"老师——我们分手吧。"

"你说什么？"

"我受不了了。"

"你是我的人。"

"不是。"

坂东脱了上衣。

"不要这样。"绫子被逼得站起来连连后退。

盛怒的坂东眼神异常可怕。绫子想，自己会被他打的。

"不要这样。"绫子退到了床边。

"看你。虽然嘴上说着不要，但身体还是在引诱我。"

"我没有……"

"你是我的人！"

坂东的手臂一下子伸过来，把绫子压倒在床上。

“放开我！”

坂东猛地坐起，骑在了绫子身上。

“住手……”绫子用手护住了自己的脸。

等了一个小时，努有些精神恍惚了。

绫子为人很认真，从不迟到。反而是努经常迟到被骂。

终于，手机响了。

“喂。”

“对不起，花了些时间。”

“不忙，还有时间。”

努尽量表现出心胸宽广的一面。

“你能来酒店的房间吗？”

“可以是可以……”

“我想让你抱抱我。我想把坂东的记忆从我的肌肤里消除。”

绫子的话在努听来很有挑逗性。

“知道了，马上过去。”

努感觉身体都热了起来，抵达酒店的房间只花了几分钟。

努敲门，说道：“是我。”

门马上就开了，努一瞬间没说出话来。

绫子全裸地站在那里。

“进来——快点进来。”

努还没搞清楚是什么状况就被绫子拉到了床上，脱掉了衣服。

然后，接下来的三十分钟就像暴风雨一样。

暴风雨过后，努像长跑之后一样不停地喘息着。

“你……好厉害啊。”

听到努这样说，绫子把脸埋进努的胸口说道：“好害羞，对不起。”

“不，我喜欢。”

努紧紧抱住绫子。绫子的头发几乎被汗水打湿，在努的臂弯里喘息着。

“稍微休息一下，然后出去吃饭吧。”

“嗯。”

努从床上下来，毫无遮掩地走向浴室。

他打开门，甩甩头，打开淋浴的帘子……

努出了浴室，发现绫子在睡觉。

“我说，绫子。你过来。”

听到努叫她，绫子睁开眼睛，说道：“这么快？”

“不是，浴室里，有人晕倒了。”

“你吗？”

“不是啊，我这不是在这里吗？应该是那个姓坂东的人。”

绫子起身，说道：“啊，我忘了。”

“我刚才杀了他。”绫子若无其事地说道。

杀了他？

听绫子的语气就像忘记点比萨一样轻松。努忍不住笑了。

但是，不管怎样，尸体还在浴室躺着呢。

“你……杀了他？”努反复问道。

“嗯。”绫子伸了个懒腰，“我好久没感觉自己这么自由了！”

“自由……但是，为什么呢？”

“你是问为什么杀坂东？他听到我给你打电话了。”绫子说道，“他很生气，然后就打了我。你看，我的脸是不是有些肿？”

“是啊。”

“他对我实施暴力，我已经忍无可忍了。”

“嗯……”

“他说我是他的附属品。后来他去了浴室……我不能原谅他，他根本就没把我当人看！”

“嗯。”

“然后我就……不知道抓住了什么东西，我已经不记得了，总之就是一个重物，拿在手里打了他的头……”绫子的神态和语气只有开心，“然后他就倒下不动了——是真的死了吗？”

“应该——是吧。我试着碰了碰他，完全不动了。”

“那就是死了对吧。要是死了不联系他的家人的话，就没办法给他办葬礼了……”

“我说——”

“我想起来了！”绫子突然大声说道，“我用的是那个立式的烟灰缸。”

“嗯？你说什么？”

“它不是放在那里吗？带脚的金属烟灰缸。我就用那个打的坂东。”

努战战兢兢地靠近看了看。

确实，烟灰缸的边缘还沾着血迹。

努已经站不住了，他好不容易一点一点地挪到了沙发边上，一屁股坐了下去。

“你怎么了？这么累吗？”绫子有些害羞地低下头去，“我是不是要得太多了？”

努拼命调整自己的呼吸。

竟然有人杀了人还乖乖地把凶器原封不动地放回原来的位置！

努惊得说不出话来，心想：这人疯了！

“出了好多汗啊。”绫子下床，说道，“我去洗个澡，你呢？”

“啊……但是，那个，浴室里……”

浴室里还躺着一个死人呢。

“没关系啊，他已经死了，死了就什么都做不了了。”绫子微笑着，“可能有点挤，不过没关系的。一起吧？”

努尽量挤出一个微笑，说道：“不了……我稍后再洗也可以。你，你先洗吧。”

“哦，那我速战速决。”绫子说着就光着身子走向浴室，“我快饿死了，洗完澡我们去吃饭吧。”

“啊，好的……”

“你想吃什么？我想吃很多很多中国菜。”

“好啊。”

“你等我一下，马上就好。”

然后绫子进了浴室，关上了门。

她竟然真的和尸体一起洗澡！而且，还有唱歌的声音混杂着流水声传来。

努迅速地站起来，快速地收拾散落在地上的衣服。

趁现在——赶紧逃！

确实，绫子对坂东的恨意大爆发也不是不能理解。我也很同情她。但是现在的绫子是不理智的！

要是自己也被当作谋杀坂东的“共犯”就糟了！就算只是被调查，也是大事！

现在已经管不了绫子那么多了。

努如是想。

本来，努就是一个连自己的所作所为都不愿承担责任的人，更何况这种“连做都没有做过的事”，更是让他受不了。

我一秒都不想待在这里。努想。

他慌忙想穿上衣服，但是，单是发现尸体并且碰了碰，就让他受到了惊吓。手一直在抖，衣服半天也穿不好。

快，要快！

浴室里传来绫子愉悦的歌声。

然而越急越乱，衬衫从手上掉了下去，鞋子左右穿反了。不，他今天穿的鞋子不分左右脚，是他多余矫正了。

快！努心里想。

就在他系好腰带穿上裤子的时候——

“啊呀，你不洗澡了吗？”绫子裹着浴巾走了出来。

“啊，不……我的习惯是不到晚上就不洗澡。”

“那我们马上就能出去吃饭了对吧，好开心啊。”绫子像个孩子一样拍手着，“但是，你的裤子为什么要前后反着穿呢？”

剧　本

努和绫子进了酒店内的中餐厅，坐在靠里面的位置，点了很多菜。准确地说，应该是绫子点了很多菜。

菜上来之后即便如此努也吃了很多。

过了一会儿努站起来说道："我去下洗手间。"

出了大厅，努深呼了一口气。

酒店房间的浴室里还有一具坂东的尸体。要是酒店打扫房间的人进去，会发现的吧。

努有些沉不住气，在确认了绫子没有跟过来之后，他拿出手机给千鹤打了电话。

"努？你现在在哪儿？"千鹤问道。

"酒店大厅。"

"在那儿干什么？"

"给你打电话。"

"我当然知道啦，傻瓜。"

"千鹤，救救我！"

"什么救救你？"

"那个，我很难开口，但是……"努欲言又止。

"你和那个叫绫子的女孩在一起吧。"

努吓了一跳："你都知道了吗？"

"算了，我不跟你计较。你刚才让我救你是什么意思？"

"就是……你舅舅的事。"

"坂东？坂东怎么了？"

"死了。"

这次就连千鹤也一时没说出话来。

"你刚才说'死了'，是吗？"

"嗯。"

"怎么回事？我是问你，你怎么知道这件事的？"千鹤的声音听上去很认真。

"那个……你别生气，听我说。"

"我不生气，你说。"

"是绫子杀了他。"

长久的沉默，仿佛过了很长时间。

努想着千鹤一定会大发雷霆冲他吼叫，于是把手机远离了耳朵。

令人意外的是，千鹤平静地说道："绫子小姐，现在怎么样了？"

"嗯……现在和我一起吃饭呢。"

"在酒店的餐厅里？"

“在中餐厅。”

千鹤一下子笑了出来：“真了不起啊。”

“她有些奇怪。肯定是一直就想杀死他的。”

“尸体呢？”

“在房间的浴室里。”

“我知道了。”

“我说，怎么办呀？”

等了一会儿，千鹤才开口：“吃饭算上我一份。我有点饿了。”

努哑然，又连忙说：“可以……当然可以。”

“你买单。”

“嗯……”

努又回到了餐桌前。

“你怎么了？脸色不太好。”绫子一如既往食欲旺盛，她一边吃着一边说，“我说，你说实话。”

“什么？”

“我是不是点太多了？你钱不够了？”

“啊，不是……没问题的。不是这件事。”

“那就好。”绫子微笑着说，“那，我能再加几个菜吗？”

“可以啊，当然了。”努一边说着，一边心里想，真是搞不懂女人……

大约三十分钟以后，千鹤到了。

努虽然担心浴室的尸体被发现，但是更担心千鹤和绫子见面之后的场景。——不，不是担心，应该是害怕、胆怯。

“你们看起来很开心啊，加上我吧。”千鹤拉了一把椅子坐下，招呼服务员，说道：“这盘菜再加一份。”

绫子有些茫然若失地看着千鹤，说道：“我叫大泽绫子。”

“我是工藤千鹤。是和坂东舅舅一起的时候见过的。”

“嗯。”

“你现在和努在一起？”

“我们很相爱。”

“啊，那恭喜你们。”千鹤一边微笑着一边说，“努也挺好的不是吗？交到一个这么可爱的女朋友。”

“谢谢。”

努更加搞不清是什么状况了。

千鹤的食欲不输绫子的，结果三个人干掉了一桌子菜。

“多谢款待。”绫子一边用纸巾擦着嘴一边说道，“啊，终于吃饱了。”

“太好了……”

努暂时是吃不下去饭了。

“我也吃多了。”千鹤说着喝了一口茶，“绫子小姐。”

“是。”

“听说你杀了坂东。”

努听千鹤这么说，脸色顿时煞白。

坐在附近的客人可能会听到啊。但是千鹤的口吻非常理所当然，应该没有人仔细听吧。

绫子也一样，面对千鹤的问题，也用非常自然的语气回答道：“是的。”

“坂东让你做他的情人？”

“是的。”

“哦——很痛苦吧？我懂你。”千鹤说道。

“对不起。”

“不用向我道歉。”千鹤摇摇头，“我的第一个男人就是坂东。”

“你说什么？”努问道，“他不是你舅舅吗？”

“这个舅舅强暴了我，在我读高一那年。”千鹤说道，“当时我家里困难，我去找他寻求帮助。坂东说你要听话，我每个月都会给你固定的钱。”

绫子睁大了眼睛说道：“我也是，和对我说的一样……”

“他就是这种人。但是，我当时才十五岁……我的高中生活比别人晚了两年。虽然我宣称是因为父亲去海外工作耽误了，但其实不是。十五、十六岁那两年我一直被坂东叫去他租的公寓，根本没有心思去学校……”

“原来是这样啊。”

“绫子小姐，我要感谢你。你代替我做了我没做成的事。”

努更加茫然不知所措了。

“好了。”千鹤呼了一口气说道，“现在回房间收拾一下那位舅舅吧。”说着她脸上又露出了笑容。

总之，事情已经发展到超出了努的理解范围。

回到酒店的房间，绫子把千鹤带到了浴室。努也不得不跟着。

坂东的尸体躺在浴缸里——

努内心祈求他已经无声无息地消失了，当然这并没有发生。

坂东千真万确死在了这里。

要是在他们不在的时候有人进去打扫房间，情况就糟了。

千鹤看着躺在浴缸里的坂东，一时没有说话。

“千鹤小姐，”绫子说话了，“你生气了吗？”

“嗯？”

千鹤回过神来：“没有。就是——觉得他太胖了。”

努没有理解千鹤的意思。

千鹤思考了一会儿说道：“没办法了。”然后耸耸肩，“男人的尸体是很重的。就算我们三个人合力也不能轻易把他运出去。”

在这一点上，努深有同感。

“那怎么办？”

“把它伪装成一场事故。”千鹤简单明了地说道，“这是常有的事。在浴缸里，坂东滑了一跤，撞到了头……”

“但是，这么简单就死了？”

“人是很脆弱的，只要撞到的是致命处，很容易就会死的。”

千鹤对绫子说：“你说用烟灰缸打的坂东对吧？”

“嗯，那个立式的。”

“必须把上面的血迹清洗干净。”

千鹤把烟灰缸拿到洗漱台上，把边缘部分的血迹洗干净了。

“这样就行了。”千鹤说道，“然后把酒店的负责人叫过来。”

“负责人？”努睁大了眼睛。

“酒店这种地方，最怕发生事故，惹上官司。他们应该不想招来警察。”

“原来如此……”

“努你最好离开这儿，在休息区等我们。”

对于努来说没有比什么都不用做更让他感到开心的了。于是他开心地离开了房间。

“好了。”千鹤对绫子说道，“把衣服脱了。”

“嗯？”

“要是被人知道你们放着坂东的尸体不管去吃饭，说是事故就说不通了。要装作刚才还一起在床上的样子。”

“明白了。”

“我和你一起。”千鹤说着也开始脱衣服。

酒店负责人不停地用手绢擦着秃头上的汗。

“我舅舅是有名的律师。”千鹤说道，“要是这件事被爆出去，亲戚们……”

“是，我都明白。”

千鹤用浴巾裹着身体，绫子躺在床上。

“我们两个在床上迷迷糊糊的，没有注意到舅舅迟迟没有回来。”千鹤说道。

“这也是有可能的。”酒店负责人说道，“但是，您不是说坂东是您的舅舅吗？”

“是的，他是我母亲的弟弟。”

“然而，却……”负责人没有说下去。

“他给了我很多钱让我陪他。他说绫子一个人太无聊了。三个一起更有趣。他就是这样的人。”

“哦……身为律师压力也是很大的吧。”

“就是这样。但是他毕竟是我舅舅，以这样丢人的方式死了，要是被媒体知道了就惨了。我妈妈也会受不了的。”

“我明白。”

“求您了。”千鹤握住酒店负责人的手半是恳求道，“您就当我舅舅一个人死了吧。他是单身，不会有问题的。”

“哦……”

“我开始也想我们两人悄悄回去，但是想到会给酒店添麻烦就……”

这是十分让人觉得施加恩惠的说法。

“我明白了。”负责人并没有怎么犹豫。

“谢谢！”千鹤抱住了负责人，这时浴衣的系带开了，千鹤的胸部露了出来。

“不好意思……”千鹤又合上前襟。

负责人满脸通红，说道：“我知道了。坂东先生一个人入住，还说非常累不想有人打扰。事情就是这样。”

“您的想法真棒。”

“二位出去吧。我会让人换掉毛巾和床单。做成除了坂东先生并没有其他人来过的样子。”

“拜托您了！那我们要换衣服了。”

“请吧。我先出去了，等好了您叫我。”

看到负责人出去，绫子说道：“千鹤小姐……你真厉害。”绫子一脸惊呆的模样。

“都是为了保护自己。这点手段还是要有的。”千鹤说道，“好了，穿上衣服吧，没事了。”

“好的。”绫子现在也完全听从于千鹤了。

为了让负责人看见，她们把内衣扔到了地上，现在一边捡起来穿上，千鹤一边说：“你边穿边听我说，你怀孕了是吗？”

“嗯……”

“打算和努怎么办？”

“不知道，努有千鹤小姐你。”

“不行不行。”千鹤一边说一边摇头说，“想要得到努就要有想杀死我一样的觉悟。”

“我做不到！”绫子哑然。

“手别停。赶快穿。”

“是。”

两个人换好了衣服，相互检查了一下对方。

千鹤一边整理头发一边说：“绫子小姐。”

“是。”

“你真的爱努吗？”

绫子沉默了。

千鹤看着她，问道：“你只是想通过努从坂东那里脱身吧？”

“可能是吧……”

“努本身并没有任何财产。他要想成为有钱人必须等他舅舅死了。”

千鹤直接称呼了努的名字。

“是吗？”

“你要是等着努为你做什么是白费力气。他是一个一直等着别人为他做事的人。”

绫子看着镜子中的自己，说道：“但是坂东死了，我立刻就会被没钱所困扰。”

千鹤嘴角露出了微笑，说道：“我有一个想法。”

“你到底在想什么？”黑崎苦笑着说。

努赌气似的不说话。这是最符合努的态度。

“但是，黑崎先生。”千鹤说话了，“您祝福他们吧。因为努至少变得有了一点负责任的想法。”千鹤把手搭在旁边绫子的肩上，“而且，您看，绫子是个很乖巧的女孩子。”

黑崎坐在轮椅上，用一种傲慢的姿态看着他们三人。

“你叫什么来着？太田？”

“大泽，大泽绫子。”

“大泽绫子——你真的想和努在一起吗？”

“是的，如果您允许的话。”绫子按照千鹤教她的话说道。

“嗯……”黑崎把手放在下巴上，“对于努来说，可能你更适合他。”

“那也就是没问题了对吧？”千鹤确认道，“绫子小姐，太好了对吧？”

努再赌气也是正常的，因为绫子肚子里的孩子被说成是他的了。

“算了，这对你来说也是好事。”黑崎对努说道。

努能这样乖乖听话，当然是被千鹤说动的。

“黑崎先生。”千鹤说道，“您该祝贺他们两人喜结连理。”

“啊，是啊。”黑崎从桌子里面拿出一张支票，“好了，够你们用一阵了。”

“给，这是黑崎先生给你们的贺礼。”千鹤把支票递给了绫子，微笑着说。

“谢谢。”绫子看了一眼支票。

五百万日元——绫子特意数了一下零的个数，知道不是五十万而是五百万后，手都发抖了。

“详细细节你们再商量，然后告诉我们。”千鹤说着，把努和绫子送出了黑崎的房间。

然后她回头对黑崎说：“正合您意。”

“是啊。这样你就不用和努结婚了，那笔钱就是祝贺这件事的。”黑崎心情很好地说道。

“只要您说一句别跟他结婚，我这婚就不能结啊。”

“好像这样是更划算些啊。”黑崎笑着说。

“不觉得可惜了？”

“算了。像他那样的人，要是对他太冷淡，他会反咬我一口的。”

黑崎说完拉住了千鹤的手，把她拉到身边，千鹤的嘴唇覆上了黑崎的。

“我不会把你给任何人。”黑崎说道，“尤其是那样的笨蛋。”

“但是——”

“我不把财产捐出去了，怎么样？为了我的财产，要不要跟我结婚？”

黑崎的目光和他冷漠的语言相反，带着耀眼的光……

恐　怖

五月穿着泳衣出了更衣室，闻到了水的味道。

“不要跑。”五月对着跑出去的弥生喊道。

泳池里有五六个人。

在酒店四处玩儿的弥生看到泳池的照片后说：“我要去游泳。”

五月午饭也吃了很多，正好想运动运动，从招待处借来了泳衣。

此刻，她肩上披着毛巾，自言自语地问自己：“这样毫不愧疚地生活真的好吗？”

当然，只要在酒店住，游泳和美容的费用都由代代木支付。

“妈妈，快下来。”

被弥生这样一喊，五月把毛巾放到了岸边的椅子上，下了水。

虽说是泳池，但其实是室内温泉。水温刚好，让人很舒服。

五月拿了一个儿童用救生圈，虽然现在弥生还不能很好地游泳，但是并不怕水。

穿着游泳圈，弥生嬉闹着拍打水花游走了。

五月笑着看着她，自己也浸到水里，慢慢开始游泳。

这是酒店的游泳池，最多也就是二十米。比起游泳，人们更愿意在泳池旁边的椅子上打盹儿。真正进入水里游泳的也就是两三个人，可以游个尽兴。

五月尽情地在水里游着。

好久没有游泳了。五月还是少女的时候是游泳运动员。这次给了她久违的快感。五月用手拨水，快速地向前游去。

她沉醉在这样的感觉里。

五月游完二十米以后又折回去接着游。弥生则被自己溅起的水花困扰着。

泳池很宽敞，五月发现还有其他人在泳池里，她并不介意。

想不到自己还有这样的体力，五月自己都觉得吃惊。

已经一百米了，不，应该有一百五十米了吧。

但是，不论是手臂还是脚一点都不觉得累。

这时候泳池的其他人都出去了，还在游泳的只有五月和弥生。

弥生一直套着泳圈玩水，开心地笑着。

五月安静地游着。

哦——谁都不在游泳更爽。谁都不在，谁都……

五月想再次折回去，头刚潜到水里，就在这时，她发现有人在水底拽住了她的脚。

太突然了，完全出乎她的意料。

她想要大喊却不能。她的头已经完全浸到了水里面，只能大口大口地喝水。胸口像火烧一样痛，溺水太厉害，她眼前全是水泡。

是谁？——谁？

有一双大手狠狠地按着五月的头。脚下也被人拽着。

她拼命挣扎，但是没用。

难道就这样死了吗？弥生！弥生！

想到自己的孩子，“我不想死”的想法出现在五月的脑海里。

五月攒了一股劲蹬到了池底。她逃脱了抓住她的手，身体浮了上来。

用力一伸腿，头也跟着冒了出来。

空气。五月终于呼吸到了空气！

五月拼命呼吸，嘴里吐着水，剧烈地咳嗽着，重新站好。

弥生！弥生！

五月慌忙看向周围，发现弥生在距离她有些远的地方套着游泳圈玩耍。

刚才——是怎么回事？

五月望向四周，却发现泳池里没有一个人。

“您没事吧？”躺在附近岸边椅子上的女人看到五月的样子，关切地问道。

“嗯，没事儿，就是喝了点水。”

五月看着在岸边休息的人——是这里面的谁呢？

但是，刚才明显就要让她溺水，虽然不知道会不会是要杀了她。只要稍微差一点，就有性命之忧……

是谁要杀我？

想到这儿，五月吓得浑身不停地发抖。

“弥生！”思绪终于回来了，她喊女儿。

“妈妈，不游泳了吗？”弥生天真无邪地挥着手。

“出去吧。快！”

“啊？这就要走了吗？”弥生有点小情绪地说道，“我还要再玩一会儿。”

“不行！马上出去！听话！”五月忍不住提高声音。

在岸边休息的人都看向五月。

“弥生——妈妈身体不舒服。我们回房间休息吧。”

弥生大概也注意到了母亲不对劲，乖乖听话。

五月把弥生抱上岸，回到了洗漱室，一边对弥生说回到房间再洗澡，一边胡乱给女儿和自己擦了擦身体穿上了衣服。

五月回到房间锁上门，挂上保险链，这才稍微放心一点。

是谁？到底是谁？

五月四肢无力地躺在沙发上，一时间动都没有动……

房间门铃响了。

不管它。五月没力气理会。

门铃持续在响。

弥生玩水玩累了，躺在沙发上睡着了。门铃声音可能会吵醒她。

没办法五月走到门口，问道："哪位？"

"代代木先生给您的水果。"

五月稍微放心一点了。是啊，我还有代代木……

五月打开门，看到一个推着满是银色器皿餐车的男孩，礼貌地问道："请问，我可以进来吗？"

"嗯，请进。"

男孩把餐车推到屋里说道："您慢用，我先出去了。"

代代木费心了。五月心想。

对于代代木的用心，五月很高兴。

拿掉盖在盘子上的盖子，五月拿起一块切成十字形状的哈密瓜。

然而，就在水果之间，一条蛇突然伸出了头。

五月瞬间发出一声悲鸣，那声音就像弥生受惊吓时跳起来的尖叫一样。

“怎么回事?!”

一回到房间，代代木就大声呵斥跟着五月她们的手下。

“不清楚。”手下脸色苍白地回答。

“不清楚就算完了？你们是干什么吃的？”

“但是……您说只有在外出的时候——”

“代代木。”五月从里面的卧室出来，小声劝道，“不要那么大声，弥生会更害怕的。”

“对不起，我没忍住……”

“不是他的错。谁也不会想到他们会到酒店房间里来……”

“但是——”

“听说蛇没有毒，已经让酒店的人抓住了。”

代代木对手下说道：“你出去！守在楼道里！”

“是！”

等手下出去，五月紧绷的神经终于崩溃，她立刻扑到代代木怀里，紧紧地抱着他哭了起来。

“没事了……没事了……我不会再让这样的事发生了。”代代木抱着五月不停地安抚道。

五月终于止住了眼泪，说道：“我去看看弥生。”说着走向了里间，不一会儿折返了回来。

“她怎么样？”

“睡了，可能哭得累了。”

两个人坐到沙发上。五月向代代木说明了情况。

“怎么会发生这样的事？”

“我也没有头绪。那个送水果的男孩你见过吗？”

“没有。见过的话我应该能认出来。”

“他报了我的名字对吗？”

“嗯，说是‘代代木先生给您的水果’。”

“是吗……”

“是工作上的仇家吗？”

“不……有这个可能。但是，这么快就知道你们的存在很奇怪。”

“是啊。”

“你们遭到了恐吓，我会立刻查出是谁干的。然后就能找到幕后指使他的人。”

“但是……”五月犹豫着说，“也可能是忌恨我们的人……您夫人也是。”

代代木沉默了。五月慌忙说道：“对不起，你也说过了没有这样的事。我知道。但是，我不自觉就……”

“不，也不是没可能。”代代木抱着五月，说道，“按说应该不会是她。我会调查的，真的。”

“不，不要了。”五月摇摇头说道，“我不想惹怒夫人。我就是不想再遭受这样的情况。”

“现在马上转移地点。酒店可以随便出入。我给你租一间公寓，不告诉任何人地址。”

“谢谢，但是你别勉强。”

“交给我吧。”代代木亲了五月一下，“尽管我很想一直陪着你，但是我还有工作。”

“我知道。你去吧，我们没事。”

“我增加人手保护你们，确保你们的绝对安全。”

代代木又亲了一下五月，走出了房间。

“听好了，守在这儿不要动。”代代木对手下说完走向电梯，他的表情很凝重。

代代木想起了五月的话——会是妻子惠美干的吗？

代代木认为不会，但是知道五月存在的也就有限的几个人，再加上威胁五月想让她离开这条动机的话……

要真想杀人灭口的话不会在泳池手下留情，也不会送没有毒的蛇。

代代木在电梯里一直思考这件事。

如果真是惠美让人做的话，应该是因为五月和代代木的其他女人不一样吧。

怎么办？

代代木也苦恼了。

但是有一点是确定的，那就是通过这件事，更加坚定了代代木不离开五月的决心。

代代木上了车，他增加了守在五月身边的人手，而且下令不分昼夜二十四小时保护。

然后，他拿出手机给一个人打了电话。

黑暗深处

“结婚？”努被千鹤的话吓了一跳。勺子猛地掉进了汤里面。

“你惊讶什么？”千鹤一副稀松平常的样子说道，“你和大泽绫子小姐结婚不也挺好的吗？”

“等一下！”

努试图从汤里面捞出勺子，结果却嚷嚷“好烫好烫”而住手。

千鹤看着他苦笑，然后叫来服务员请他重新拿个勺子过来。

“我说，我确实和她——那就是玩玩，我只爱你一个人。”努说道。

“真的？”

“当然了！”

他应该是认真的。千鹤了解努。

努当初也是因为不堪总是被千鹤支配，痛苦压抑，所以才忍不住找了绫子这样的女孩。

但是，听说自己要和他舅舅结婚了，又觉得惋惜，所以想挽回自己。

“千鹤，你真的要和我舅舅结婚？”

“至少对方是这样想的。”

“不，我是在问你的想法。”

这时，新的汤勺被送了过来。

“这次别再掉了。嗯，我也在考虑当中。”

“怎么考虑？”

“要是现在杀了黑崎会怎么样？”千鹤降低声音说道，“财产是你的，但是你肯定会被怀疑。”

“嗯，但是——”

“听我说。即使不是你亲自动手的，也会被怀疑是买凶杀人。然后警察就会调查你，你能受得了吗？”

千鹤知道，只要听到“警察”二字，努就吓得恨不得逃跑。

“所以，如果我和黑崎结婚，他被杀以后受怀疑的人也是我。你明白吧？”

“嗯……”

“我的话，警察怎么问我，我都不会怕的。我能撑过去。”

千鹤充满自信的说法说服了努。

“也就是说先和舅舅结婚，然后把他……”

“然后我就自由了。然后再和你结婚就万事大吉了。”

“这样啊。”

努开始安心地喝汤了。

“问题是那个绫子小姐。”千鹤说道。

“什么问题？

“她打算跟你结婚的。”

“那我跟她好好说说——”

“你暂且和她结一次婚也没关系。”

努又有了情绪，默默地喝起了汤。

“但是，没那么简单……”努喝完汤之后说道，“结了婚她可能就不会离开我了。”

“哎呀。”千鹤笑着说，“你把结婚当成这么严肃的事情来看啊。”

“不，也不是……”

“你要理解绫子小姐现在的心情。”

“怎么理解？”

“她刚刚杀了一个人啊。精神上很不安，很想紧紧抓住一个可以依靠的人。”

“是……吗？”

“当然了。要是放任不管，不知道她会怎么样。”

“什么意思？”

“她可能会去向警察自首说自己杀了坂东。这样，掩盖这件事的我们也会因同谋被问罪。”

“那就糟了！”

“是吧？所以，必须让绫子感到安心。那么，跟你结婚是最好不过的了。”

努虽然还是一副赌气的表情，但还是没有违拗千鹤的意思：“知道了。”

“你舅舅不是为了祝贺你们也给了不少钱吗？至少在形式上也要结婚啊。”

“那五百万，她一个人……”

“不要小气嘛。她也不容易。你也不缺钱。”

“虽然是这样……”努不满地说道。

千鹤强忍住不笑出来。

努现在应该还没尝过贫穷的滋味，甚至都不怎么会工作。

然而，钱还是要让绫子拿走，他就觉得索然无味。

没尝试过贫穷的人才更害怕贫穷。所以，明明不是自己的钱，却也想着紧紧握在手里。

“但是……”努好像还是不死心似的说道，“你要是和舅舅结了婚……”

“什么意思？”

“也就是说，那个，你也算是他妻子了，会和舅舅……”

“会不会和他上床，是不是？”千鹤干干脆脆地说了出来，“那不是没有办法嘛。作为夫妻这不是理所应当的吗？”

“嗯……虽然是这样。”

男人真是任性！自己去外面找别的女人，却想让自己的伴侣从一而终。

但是，即便这样，千鹤知道要是非拗着努的性子来，事情也会变得很麻烦。

“不用担心。”千鹤有点撒娇似的笑着说，“你舅舅都那把年纪了，身体也不行了，我会随便应付一下就完事的。”

“嗯……好吧。”努好像松了一口气的样子，“我也不和绫子睡了。要是她再杀个人什么的就不好了。”

“哎呀，不行。要结婚的话还是要好好疼爱她。为了完成我们彼此的计划，我们约定都不吃对方的醋吧。”

“但是，说到计划……”

“交给我吧。我有好办法。”

千鹤知道，只要自己这么说，努就会老老实实待着了……

那个女孩从喉咙发出高亢嘹亮的笑声的时候，情况非常让人绝望。

“辛苦了。”工藤昭江笑着把女孩送出门去。

回来后，忍不住感慨：“真是败给她了。”

“但是，现在的这个还是不行吧？”一个穿西装打领带的青年说道。

“是啊。”昭江现在在工作室。

接待室被临时改装成了“选拔室”。为了选拔有天赋的女孩子作为预备军，昭江已经面试了十二三个女孩子了。

“好累啊。”昭江伸了伸腰说道，“那么多人却挑不出一个合适的来。”

“部长，您要回去了吗？”

说话的青年是昭江的手下，担任秘书，姓山野。

“已经八点了，要回去了。”

“吃了饭再回去吧。”

“不行，买点带回去好了。”

“您女儿在等着吗？”

“千鹤？她会自己吃了再回来。”昭江耸耸肩说道，“现在我老公在家。”

“啊？”山野吃了一惊，试探性地问道，“部长，您再婚了吗？”

“喂！是我以前说过的老公。现在回来了，也不能赶他出去啊。”昭江说道。

“对不起！”山野突然站起来低头道歉。

“干什么呀？”

看着昭江一脸茫然，山野说道：“我一直以为您是单身，您丈夫刚刚去世什么的……”

“哦，现在暂时还活着。”昭江笑着说，“这些话你从哪里听来的？”

“那个……东一句西一句。”

“关于我的传言已经东一句西一句了？真是不敢相信。不过算了。”

“原来是这样啊……您丈夫……这样啊。”

“你嘀嘀咕咕什么呢？”

“不，没什么。”

山野今年二十八岁，单身。从外表上看怎么都不像是在演艺公司上班的。他总是穿着一尘不染的西装，看起来像是在哪个小镇的政府上班的公务员。

但是，对于昭江的主张总是很配合地努力去做，是个很招人喜欢的青年。

“明天怎么向社长汇报呢？”山野问道。

“只能老老实实说正在找啊。”

“只剩下三天时间了。”

昭江所在的文艺工作室并不是一家大公司。

但是昨天下午，有电视台的人过来问她这里有没有人可以担任明年春季电视剧的女主角。

“我给你四五天的时间。”电台的制片人说道，“如果到时候找不到合适的人选，那我再找别人。”

这个机会非常难得。

但是，手上现有的人不能用。

这个角色的要求是，“得了疑难杂症命不久矣的女大学生”。一般的十六七岁的开朗女孩很难驾驭这样的角色。至少今天面试的十几个女孩子都不行。

总之，不管怎么样都要找到。昭江想。

这是制片人看着往日的交情给的机会。昭江觉得必须想想办法。

这时候她的手机响了。

“谁呢？喂？”是一个意想不到的亲戚打来的。但是，亲戚的话让她更想不到。

“智彦死了？”这通电话是关于坂东智彦的。

听了对方的话，昭江惊得说不出话来。

“自己一个人在酒店？摔倒了？是真的吗？是啊。最好先这样。嗯，我会去的。明天十二点对吧。”

昭江记下告别仪式的时间和地点。

“我知道了，谢谢。”

昭江挂断了电话说道：“山野，我明天中午要参加葬礼。傍晚的时候再在这里选拔。”

“哦，您没事吧？”

“没关系。就是弟弟死了而已。”昭江说道，“但是，还是参加一下葬礼比较好。”

“哦……”山野像是发出感慨一样，“这世界上真是什么事情都有啊。”

原检察官，律师，大学教授……这些头衔加起来让葬礼很热闹。

这一天乌云密布，从内冷到外。

“很符合舅舅的风格啊。”千鹤说道。

“是啊。就连死法都那么让人捉摸不清。”

殡仪场设在一个很大很豪华的地方。前来拜祭的队伍都排到寒冷的室外了。

当然，千鹤和母亲坐在“家属席”上。

对单身的坂东来说，昭江是他最近的亲人。

面对拜祭的人的安慰，她们低头答谢。

千鹤感觉到有些异样。她抬头，说道：“妈妈。”然后挪到母亲的旁边说道：“爸爸来了。”

工藤雅也此时穿着黑色的西服站在队列里面。

“唉……跟他说了不用勉强的。”

“那怎么办？”

昭江稍微犹豫了一下，对包办葬礼公司的人招了招手说道：“请在旁边添一把椅子。”然后对旁边的人说了声“不好意思”，就站起来走了。

“千鹤。”一个亲戚小声跟千鹤说道，“那个人，不会是你的父亲吧？”

“是的。”

“天哪，什么时候回来的?！”

“就在不久前。”千鹤说道，“虽然不知道能待到什么时候。”

昭江把工藤带了过来，让他坐在刚刚搬来的椅子上。

工藤理了发，显现出前所未见的正式。

千鹤在排队的人当中看到了努和大泽绫子，吓了一跳。

“妈妈。不好意思，我有个朋友来了……”千鹤小声说道。

他们两个上完香，走到了家属面前，恭恭敬敬地行了一礼。

努对这方面非常在意。

但是，谁也不知道他们两人和坂东的死有关。而且，绫子就是杀人犯。

并且，绫子还对昭江说了“大学期间受老师照顾了”之类的话，甚至还挤出了几点眼泪。

当然，绫子除了对坂东的恨，多少还是有一点爱意在里面的吧。

“谢谢你们，还特意过来……”昭江点头说道。

“我出去一下。”千鹤跟着努和绫子走了出来。

“你们是特意来的？”千鹤问努。

“我还想见见你爸爸。”

“比起我爸爸回来，我的亲戚们对于坂东的死更惊讶。”千鹤说道，“绫子，外边冷，不要等到出殡了。”

“但是，我还是……”

“那么，必须穿点什么才行。等一下。”

千鹤说完跑到休息室拿了件大衣过来："好了，穿上这个。还要再等一会儿。"

"谢谢。"绫子也没有客气穿上了大衣。

参加自己所杀男人的葬礼到底是什么心情，千鹤不得而知。

"那，我先回去了。"千鹤小跑着回到了家属席。

"不好意思。"千鹤回来说着坐下了。

"千鹤，刚才那两个人是你的朋友？"

"嗯。"

"男方的年龄……"

"嗯，他一直游手好闲的，是个有钱人。女孩是他女朋友，是个大学生。"

"大学生？"昭江陷入了沉思。

"怎么了？"

"他们已经回去了吗？"

"应该还在外面。"

"我说，我有件事想说。"昭江抓住千鹤的胳膊说道，"让他们留下来等我！"

"啊？为什么？"

"快去！"

"知道了！"千鹤再次站了起来。

昭江忘了祭拜者葬礼什么的，自言自语道："简直就是量身定做！"

新的人生

千鹤终于明白了妈妈是认真的，然而她仍然不知道妈妈现在在说什么。

“怎么样？”昭江说道，“当然，我不是说让你现在在这里就立刻给我答案。但是，就算你要拒绝我，也请先考虑一下要不要试试看？”

这一幕发生在千鹤参加完舅舅坂东智彦的告别仪式之后回家的路上。

“我有话对你说。”绫子和努在上完香之后，昭江这样对她说。于是他们一同进了附近的咖啡厅。

很多参加告别式的人都会经过这里，坐在咖啡厅里可以看到很多穿黑色西装的人。

但是，没想到，昭江所说的话竟然是“你想不想出演电视剧？”，就连努也惊得呆住了。

“大泽绫子小姐对吧？”

“是的……”

“你是我弟弟的学生？虽然我觉得他并没有认真上课。”昭江有些讽刺地说道。

“嗯……但是……”绫子语气变得义正词严，“英年早逝还是太遗憾了。”

努听着身子一紧，和千鹤对望一眼。看来千鹤也在想同样的事——要是绫子说出“坂东是我杀的”可怎么办。

“嗯，像你这样的孩子能说出这样的话，智彦也算无憾了吧。”昭江说道。

不能让她们再继续谈论坂东的事了，必须转换话题，千鹤想。

“总之，”千鹤插话道，“就要看绫子自己的意愿了。不管怎么说，她现在还是个大学生。”

“对对。”努也肯定道，“而且，绫子不喜欢惹人注目，所以我觉得不太可能。”

“我想听听她本人的意思。”

昭江一副公事公办的神情：“怎么样？要不要去试镜看看？”

千鹤有些担心妈妈要是知道事情的真相会怎么样，毕竟妈妈现在想要选拔试镜的这个人是杀害舅舅坂东的凶手。

绫子一时之间没有说话。

她一口干掉了已经变温的红茶。之前她一直听昭江说话，几乎没有喝。

“你的话我明白了。”绫子用非常平静的声音说道。

“怎么样？”昭江认真地问道。千鹤能听出来。站在妈妈的立场上，她也想绫子去试镜，好能帮上妈妈的忙。

但是，这次的对象太不合适。

这时，绫子说出了让人难以置信的话：“我想试一试。”

“啊，那真是太好了。谢谢。那我们现在就赶紧走吧。”

“走？去哪里啊？”

“当然是去电视台了。”

“妈妈，您也太突然了……”

听到千鹤有些焦急的语气，绫子像变了一个人一样干干脆脆地说道：“好，我们走吧。”说着，她站了起来。

“怎么办？”努小声说道。

“我也不知道啊。谁知道事情会变成这样……”千鹤小声回答。

“好，那我们去试镜。”摄影棚的工作人员说道。

千鹤和努虽然没想到事情的走向会是这样，但还是跟着一起来到电视台的摄影棚。

虽然母亲昭江说他们不用跟过来，但是千鹤断然拒绝，坚称她现在是绫子的监护人。

当然，不仅如此。绫子现在的问题不仅仅是杀害了坂东，而且她还怀着坂东的孩子，虽说努已经请朋友介绍医生打算打掉孩子了……

“灯光请准备。”随着工作人员的一声令下，灯光已经照在了棚内搭建好的客厅场景中。

“那么廉价的道具，效果看起来却不错啊。”努盯着拍摄机器说道。

“说什么风凉话呢。”千鹤虽然嘴上这样说，但是眼睛也看向了电视画面。

不经意间，镜头给了绫子特写。

“那是绫子？”

千鹤也震惊了。

当然，绫子化了妆也改变了发型，和之前的形象大不相同，给人眼前一亮的感觉。她面带忧郁，有着一种特别吸引人的魅力。

“她可以的。”一直在旁边看着的昭江说道。

“那把剧本给她。念一下画红线的部分。”

绫子一动不动地盯着剧本看了一会儿，然后就合上了剧本。“请允许我演一遍台词的内容。”绫子自信地说，“因为台词我已经记住了。”

一时间，气氛有些微妙。

“好，那试一下吧。好，开始。”导演说道。

绫子仿佛周围的人都不存在，眼睛看着一个方向：“求你了。请让我按照自己的意愿来，不管是什么样的结果，我绝不诉苦。我自己的决定，自己承担。但是，我不想什么都不做就轻易放弃。我想尽力而为，之后还是不行的话，再放弃也不晚。”

大家谁都没有说话。

绫子一口气顺畅地说完了一段台词，声音洪亮，吐字清晰。

“喂，”努说话了，“那真的是绫子吗？”

“真让人震惊，不知道她还有这样的天赋。”千鹤摇了摇头。

“很好嘛，可以的！”大声说出这句话的是昭江的秘书山野。

“不错。”导演说道，“刚才那段再来一遍，这次边走边说。”

绫子照着要求，一遍又一遍一句不差地反复了好几次。

“很好啊。”那个给昭江角色的电视台制片人说道。不知道他什么时候来了摄影棚，看到了这一切。

“我从来不会看走眼。”昭江有些得意地说道。

“你竟然还藏着这样的好苗子，以前真是冷漠啊。”

“哪有藏着啊。我只是告诉她不管走到哪里都要大大方方。”

千鹤看着昭江把刚刚发现的绫子当作自己一手培养起来的样子，强忍住才没笑出来。

“您觉得怎么样？”绫子下了台一边整理着气息一边说道。

“很好，非常好。”昭江说着拍了拍绫子的肩膀。

“你，以前是做什么的？”努还处在半惊讶的状态。

“没什么啊。”

“但是，你看起来并不是个什么都不懂的外行啊。”

“我高中的时候参加过话剧社，不过不是在台前，而是幕后的那种。”

“真了不起啊。”千鹤说道。

“谢谢。”绫子微笑着说，她看起来真的很高兴。

“请一定让这个孩子出演吧。”电视台的制片人说道。

“请多指教。”昭江很自豪地说道。

“那，拜托了。”制片人说完走向了其他的工作人员。

“这件事简直就像做梦一样。”昭江抱着绫子的肩膀说道，“你一定会成名的！”

这时候，千鹤也不知道说什么好了。

“感觉，我们已经好久没有两个人一起吃过饭了。”惠美用略带撒娇的语气兴奋地说道，“还是第一次来这家餐厅呢。”

“风味很不错吧。”代代木说道。

他们在包间里，非常地安静。

“来，我们喝点红酒吧。”

两个人碰杯。

“很好喝。”惠美肯定地说道，“偶尔放下孩子来这里放松一下也不错。”

“你作为一个女人还是很美。”

听了代代木的话，惠美脸红了，笑着说道：“都老夫老妻了，说什么呢。”

“好了，开吃吧。”

西餐端上来之后，两个人开始吃饭，这时代代木的手机响了。

“是我。啊，怎么了？这样啊。”

代代木有些犹豫，看着惠美说道：“工作上的事，我必须见一个人。能让他来这里吗？”

“嗯，当然。要是你走了，就剩我一个人了，我不要。”

“我知道了。喂，到这里来，没关系。”代代木挂了电话对惠美说：“很快就好。”

“嗯。”惠美微笑着说。

十五分钟以后，酒店的经理来了。

“代代木先生，您有客人。”

“谢谢，请把他带到这里来。”

“好的，马上去。”

“老公，我要不要回避一下？”惠美说道。

“不，没关系。你就待在这里。”代代木说道，然后喝干了杯中的红酒。

这时传来敲门的声音。

“进来。”代代木说。

“打扰了。”代代木的手下进来了。

瞬间，惠美脸色没有了一丝血色。

被惠美收买追杀村冈五月和她女儿的田所的旧部下木谷和杀手横山被人绑着押了进来。

“对不起！”木谷说道。

惠美看向丈夫，从他的眼神里，惠美看到了前所未有的冷。

惠美重新坐好。我可是田所和夫的女儿。

“你还有什么好说的吗？”代代木说道。

“那么你呢？”惠美反问。

“你为什么想要她们无辜母女的命？”

“无辜？”惠美讥笑道，“抢别人的丈夫，哪里算得上无辜？”

“惠美，迄今为止我有过不少女人。但是，你不是一直都知道的吗？”

“嗯，那是之前。”惠美说道，“但是，这次的女人不一样。不是吗？”

代代木看着惠美，说道：“你这么一说，我也才刚刚意识到。确实，村冈五月和我其他的女人不一样。到现在为止我都没有认真考虑过，现在我明白了。”

“老公，你想抛弃我？你觉得我父亲会放过你吗？”

“你说得不对吧。”代代木摇了摇头，“我没有抛弃你，是你抛弃了我。”

“你强词夺理——”

“我说的是事实。你要是不同意我和村冈五月在一起，为什么不直接告诉我？”

“那是因为……”

“你一声不吭，雇了杀手，自己做决定就是违反了规则。”

“你竟然跟我谈规则？”惠美生气地说道，“规则什么的就是你的借口！什么时候你跟我也讲起规则来了？你告诉我！”

“这一点你还是问你爸爸吧。相信你爸爸也是这么过来的。”

“我爸爸是我爸爸，你是你。”惠美说道。

代代木看着被压在地上的木谷和横山，说道：“你们竟然对不是道上的人出手，坏了我的规矩。你们两个都不要再在国内混了。”

“老公，不要。是我拜托他们的，木谷没办法拒绝。”惠美说道。

“他不是孩子，知道自己在做什么。”代代木转而下令道，“断他一条胳膊，送出国！”

“不要！”惠美尖叫着，但是并没有人理会她。

木谷和横山被带了出去。

惠美眼神里充满了怒火：“你知道自己在做什么吗？”

“当然。”

“不，你不知道。”惠美站起来，一字一句地说道，“你这是在向我宣战。”

“你要是这样想，我也没办法。”

惠美要出包间的时候，回头扔下了一句：“你会后悔的。”

“我不会。”代代木反驳道。

惠美摔门走了出去。

房间里剩下代代木一个人，他盯着桌子看了一会儿，终于还是拿出了手机，拨通了电话。

“喂。”

“我是田所。”对方说道，“惠美打电话说现在过来。”

“这样啊。您都听说了吗？”

“听说了。”田所说道。

“接下来您准备怎么办？”

等了一会儿，田所说道：“我女儿，就交给我吧。”

“我知道了，拜托了。”代代木说完，挂断了电话。

惠美坐着出租车去找父亲，愤怒使她浑身颤抖。

把我当傻瓜吗？绝对不原谅！

惠美不是对村冈五月生气，而是对自己的丈夫。对于自尊心极强的惠美来说，比起失败本身，伤自尊这件事更让她感到愤怒。

手机响了。

会是谁呢？

“喂。”

“我是横山。”

惠美吸了一口气，冷静地问：“你没事吧？”

“不用担心。”这位杀手说道，“只是告诉了手下暂时不要活动了。”

“太好了。木谷呢？”

“不知道，我们被带上了不同的车。”

“唉，是我害了你们。”

“我会消失的。先跟您报个平安。”

“等一下！”惠美说道，“横山，你还想做事吗？”

“做事吗？但是——”

“不是这类的。”惠美说道，“那对母女，不用管她们了。”

“您是说？”

“我想对付的还另有其人。”惠美压低声音说道。

“您想对付谁？”

“我丈夫。”

横山一时沉默了。

“但是，代代木先生是老大啊，就算我得手了……”

“你不用担心，他活着是老大，死了就什么都不是。本来该继承父亲事业的就是我。我和别的男人结婚也一样。”

“原来如此，但是——”

“我知道你的意思。”惠美说道，“我出一亿日元，怎么样？”

“我要三亿。”横山说道，“因为得手后我要隐姓埋名地活着。”

惠美稍微考虑了一下之后，下了决心：“好，三亿就三亿。”

“我知道了。”横山说道，“杀了就行对吧。”

“就是这样。”

“我什么时候可以拿到钱？”

“嗯……给我三天时间。”

“钱准备好了，我就干。”

“好。怎么给你？”

“我会再联系您。”横山说道。

“拜托了。”惠美说完深呼了一口气。

绝不后悔！惠美嘴角浮现出了笑意。

决　断

就像往常一样，不达目的绝不罢手的惠美来到了客厅。

“你好像非常生气啊。”田所看着自己的女儿说道。

“当然。”惠美坐在沙发上说道，“您快救救木谷。”

“什么意思？”

“他打算杀了木谷。”

穿着睡袍的田所双臂抱胸说道：“你是说代代木吗？那一定有他的理由吧。”

“因为我。”惠美说道，“但是，说到底还是要怪代代木。没时间解释了，总之您快救救木谷。”

田所稍微思考了一会儿最终拿起放在桌子上的手机。

“我是田所。木谷怎么样了？这样啊，那就没办法了。”

田所挂了电话后略有遗憾地说：“没赶上。”

“那——”

“木谷在受到惩罚之前跳车逃跑，却被迎面开来的卡车撞飞了。很明显这是他自找的。”

惠美不知道说什么好。

“这算什么！”她一边掉着眼泪一边说，“他之前可是为爸爸您卖命的，代代木却杀了他。”

“惠美——”

“你听我说！”惠美打断了父亲的话。

然后她向父亲说明了情况。田所一直沉默着听到最后，他听完以后问道：“是你指使的吗？”

“对，是啊。我不允许那个女人取代我的位置。”

“你太轻率了。”田所摇了摇头说道。

“我现在也这样想。但是，他不应该杀了木谷。”

“然后呢，你准备怎么办？”

惠美挺直了说道：“我的想法没有改变。”

“也就是说，你要把那个叫村冈五月的女人赶走是吗？”

“赶走她还难解我心头之恨。但是，我也不想把事情闹太大。”

“也就是说，她消失就可以了吧？”

“以爸爸您的实力应该很简单吧？”

“你是说让我去做？”

“都是为了您女儿的幸福啊。”

“但是，一旦这么做，你还能和代代木重归于好吗？”

惠美平静地说：“他是孩子们的父亲，除了和好没有别的选择。”

在这一点上，这个任性的女人非常有自信。

“怎么了？”见父亲半天没有回答，惠美有些不耐烦，“您为什么不回答我？”

田所犹豫了一会儿说道：“慢着。虽然你说得轻巧，但是现在组织的老大是代代木。我必须还要听听他的意见。”

惠美皱着眉头说道：“爸爸，我和代代木您选谁？”

“这不是问题的关键。”

“不！这就是问题的关键。”惠美略带挑衅地说道，“他能当上老大是因为他是我的丈夫。没有我，他代代木一文不值。”

“你说得有点过了。他做得很好。”

“但是，我要取代他，取代我的丈夫。”惠美微笑着说，“一旦我得手，那他，就变得可有可无。”

“惠美……”

“到时候如果他哭着承认自己的错误来求我，我就原谅他。但是，我是不会失手的，我可是田所和夫的女儿。”

田所盯着女儿看了一会儿说道：“好吧。”他算是同意了，又问道：“你都说完了吧？”

“嗯。”惠美坐了下来，两手抱住膝盖，“我还有个请求。在我的名下还有土地对吧？已经十年了，现在一直还在。”

“是啊，怎么了？”

“我想卖了。”

田所有些吃惊：“现在？土地一直在降价啊。”

“我知道。无所谓。应该能卖两三亿吧？”

“你需要钱吗？干吗用？”

“秘密。就算我们是父女，也有不能说的事。”

“但是，这不是一两百万的事情了。”

“那你就当我买个鸡蛋大小的钻石好了。”

“你什么时候要？”

“现在，马上。但我想很难办到吧，那就明天吧。”惠美站起来扔下一句，“有了买家告诉我。”说完走了出去。

剩下田所在房间里表情严肃，深深叹了一口气。

刚出去的惠美突然折回来探头说道：“明天是和己的生日，别忘了啊！”

田所吓了一跳：“知道了……”

“那我走了。”惠美笑着走了。

田所从沙发上站起来走向里间，只感觉浑身疲惫无力。

他按动按钮，墙壁一下子向两边打开，露出一面大的液晶显示屏。

画面被分成六等份，一张张脸出现在画面里，他们脸上或多或少都有清晰可辨的疤痕。

“你们都听见了吧？”田所说道。

六个人都点点头。

“我女儿就是这样的性格。自尊心强，从来不知道什么叫忍。”田所说道，“一旦和代代木感情破裂，她再怎么努力也是不能挽回的。”

“那家伙很清楚这件事。”其中一个人说道，“对于惠美来说，现在就跟没有丈夫是一样的。”

“但是，代代木是组织的老大。”田所说道，“他用我们这些守旧的老人所不能想到的办法，让我们的组织和如今这个社会接轨。在我们看来，虽然包装成了商业活动有些不甘心，但是收益上去了，和警察之间的关系也很好。我们必须承认这都是他的功劳。”

“同感。”其中一个人说道，“现在干掉他，我们就会退回到以前组织的风格，这样只会引起麻烦。”

其他人也都表示赞同。

“我也有同感。”田所低头说道，“是要组织还是要女儿，我很难选。但要是必须选择一个的话，我选择组织。”

“田所先生，我们也是看着惠美长大的。难道就没有两全其美的办法吗？”

“当然，我也这样希望。”田所用强硬的口吻说道。

气氛凝重，一阵沉默。

“我有点不放心……”其中一个人开口说道，“就是惠美说的卖土地的事情。我认为她突然说需要几个亿这件事并不简单。”

“我也这么认为。”另外一个人说道，“还是调查一下她要干什么用比较好。”

“当然，我也有这个打算。”田所说道，这时他的手机响了，“不好意思。”

田所接通电话：“那就是说他没有跑远对吗？好了，我知道了，有消息再告诉我。”

田所表情凝重地挂断了电话，接着说：“惠美雇用的那个姓横山的杀手逃跑了。”

“他不是没得手吗？肯定会藏起来的。”

“但是，他并没有着急逃得远远的。”

“等一下，田所先生。如果惠美的钱是用来雇凶杀人的话……”

“不，应该不会吧。”另一个人说道，“就算再怎么样，她也不会为了杀一个女人而花费上亿元。”

“那倒也是。”

一时间，大家都松了一口气，甚至笑了起来。但是，只有田所还是一副严肃的表情。

“田所先生——”

“给我一点时间。”田所说道，“我有件事想确认。”

“那我们就都交给你了。”其中一个人说道，其他人也都表示赞同。

“谢谢。”田所说道，“等我有了结论再跟你们商量。”

“那就好。就这样吧。”

“谢谢，让你们操心了。”

田所关了手边的开关，画面消失了。

此时田所的脸色和他的心情一样，一片惨白……

“啊，真的吗？请一定拿到手。拜托了。”昭江一连打了好几通几乎一模一样内容的电话。

千鹤看着母亲擦汗，说道：“手机快没电了。”然后拿起充电器给手机充电。

“妈妈，您休息一下吧。”千鹤说道。

“嗯，可以一边充电一边打电话的。”

“我知道，但是……”

昭江笑了。“好吧。”她舒了一口气，“我去冲咖啡，你要喝吗？”

“嗯，我来吧。”

“算了，我来吧。”昭江走到厨房，打开了咖啡机。

“你爸爸睡了？”昭江问道。

“嗯，肯定的。妈妈，他不是说了晚安吗？”

“是吗？我忘记了。”

千鹤笑着说道：“妈妈现在只顾得上绫子了。”

“是啊。”昭江也笑着说，“在你们看来很奇怪对吧。但是对于我们这样小的工作室来说，能不能出一个明星是关乎生死存亡的事。”

千鹤看着眼前的妈妈认真的模样，第一次有了深刻的体会。

“但是，现在不是什么都还没开始吗？”

“所以更要好好利用这次机会。那么，我一定尽一切努力，让大泽绫子成为话题。”

“妈妈，你真的认为她能成为明星吗？”

“千鹤你觉得呢？”

被妈妈反问，千鹤稍微犹豫了一下：“我没想到她那么有天赋……确实，有魅力。”

“是吧？”

“但是——”

“但是什么？”

昭江看着千鹤说道：“你说说看。”

“绫子怀孕了。”

听千鹤这么说，昭江僵住了。

“你确定吗？”昭江不甘心地反复问道。

“嗯。”

听到千鹤肯定的回答，昭江紧锁眉头，不停地在屋子里走来走去。千鹤，想要是没告诉她就好了。

但是，大泽绫子怀孕这件事早晚都会被知道。干脆趁着媒体都还不知道——

“千鹤。”昭江停下来说道。

“怎么了？”

“绫子是要和那个叫安井努的人结婚，对吧？”

“嗯……应该是吧。”

“要是这样的话……或许还有办法。”

“什么意思？”

昭江坐在沙发上，表情让人捉摸不透。

“时代不同了。”昭江说道，“现在已经不是明星高不可攀、未婚女性不能和男人一起喝茶的年代了。现在的粉丝可以接受明星结婚生子了。”

“那也就是说……”

“但是，还是要隐瞒。”昭江语气变得强硬，“先隐瞒下来，要是被哪个八卦节目或者周刊挖到就糟了，幸好现在大家都还不知道大泽绫子是谁。”

“嗯。”

“所以在一开始就要公开这一点。召开记者会，介绍她。同时让安井努也一起参加。”

“一起参加？”

“是的。然后把安井努当作她的未婚夫来介绍，当场说明绫子虽然已经有了身孕，但是还是强撑着参加电视剧的录制。干脆一起宣布两个人的婚期。”

对啊，昭江理所当然地认为绫子肚子里的孩子是安井努的。当然不会想到会是死去的坂东的孩子。

“但是，他们两人还没打算结婚……要是绫子偷偷地把孩子打掉的话——”

“不可以！”昭江狠狠地摇摇头，“要是被人知道就是最糟糕的情况了。要好好生下孩子再结婚——这样才不会受人责备。”

千鹤把想说的话吞了下去。

现在在她面前的不是母亲，而是一个在商业战场上积极进取的专业人士。

“我知道了。”千鹤点点头，“那我和努还有绫子谈谈。”

“那就拜托你了。一定要说服他们！要让他们知道其中的利害关系。明白吗？”

面对母亲的强大气场的压迫，千鹤只好沉默着点点头。

“那你现在就打电话。”

听到妈妈这样说，千鹤不禁反问：“现在？”

“熬夜是常有的事，这句话不是你说的吗？”

“嗯……好吧。”

“我现在要准备记者见面会。对，明天中午吧。周末刊登在体育报纸上。”

“等一下，妈妈。总之，还是先和他们两人商量一下吧。”

千鹤费了好大力气终于把要准备会场的母亲拦了下来。

千鹤回到自己的房间，用手机拨通了大泽绫子的电话。

努那里不管怎么说都能应付过去。但是，绫子……

“我知道了。”听了千鹤的话，绫子毫不犹豫地说道，“就交给您母亲了。”

千鹤反而一脸惊讶，说道：“真的可以吗？要真是这样的话，你就不得不把孩子生下来了。”

“是的。孩子是无辜的。”

话是这样说……千鹤想。

“绫子。”

“什么事？”

“那个，我们之间的秘密绝对不要说出来哦。”

“秘密，你是指什么秘密？”

千鹤呆住了，压低声音说道：“当然，还不是指你杀了坂东这件事！”

“啊，你是说这件事啊。”绫子好像并没有很在意，“但是，那件事不是已经被认定是事故了吗？”

“嗯，是啊。”

“那我也相信，那就是事故。”

“哦……”

“啊，还有一件事。”

“什么事？”

“明天记者会要穿的衣服请您母亲帮忙准备一下。”

“我知道了。”

千鹤能说的也只有这句话了。

赴　宴

黑崎大声笑着。这很少见。

但是千鹤却没有心情笑，说道："不知道事情会怎么样。"

"那个女孩要成为女演员？人生正是因为这样才精彩啊。"黑崎说道。

"是吗？"

"顺其自然。要知道自己有怎样努力都不能改变的事情。"

黑崎说着用餐巾擦了擦嘴。

"很好吃——再来一杯咖啡。"

"好的。"千鹤把早餐的盘子收走，端来了咖啡，"那下午我要陪努一起去参加记者招待会。"

"嗯，你去吧。"黑崎喝了一口咖啡，"努那家伙，可能正适合做明星老婆的护花使者。"

"他本人倒是非常不乐意。"

“什么，那家伙很快就能适应安逸的生活方式。”

黑崎很了解他。

“晚饭我回来了再做可以吗？”

听到千鹤这么问，黑崎稍微考虑了一下：“我们一起出去吧？”

“一起？”

“我也想看看记者招待会是什么样子。是在酒店里对吧？”

“是的……”

“我们吃完饭再回来吧。备车。”

“我知道了。”

千鹤没想到黑崎会对这样的事感兴趣。

“到我身边来。”黑崎把千鹤拉到身边，抚摩着她的腰，“我不让你离开。”

“咖啡都凉了。”千鹤逃开说道，“您要穿什么衣服去？”

“我自己选。你也看着办就行。好好看着努那小子。”

“我知道了。”

千鹤感觉到黑崎在计划着什么，内心不能平静。

“你说什么?！真是的！”努愤愤不平，“别开玩笑了。要我去养孩子？而且还不是我自己的孩子。”

“别这样说。”千鹤说道，“你连领带都不会打吗？”

“对不起啊。”

“过来。”千鹤从努的手里拿过领带，帮他系上，“好了。”

“喘不过气来了。”

“那你晕倒好了。没看我也是这副打扮吗？”

千鹤也穿着套装。

努很少穿着西装打着领带，但是千鹤却从来没有穿过西装。

“没办法，这是黑崎先生的指示。”

“见了记者，我应该怎么做？”

“为了我妈妈，你忍一忍吧。”千鹤摸摸努的脸，耐心劝道，“不会让你吃亏的。”

“我说……”努抱着千鹤的腰说道，“我必须结婚吗？”

“我不是说了吗？事到如今也没有办法了。没关系的。绫子会忙于宣传活动，你们几乎没有时间一起生活的。”

说实话，今后会怎么样，千鹤也说不准。但是，她现在只能安抚努。

“到时间了。”千鹤看了一眼手表，“车应该已经到了。”

“我坐着不说话就行，对吧？”努真是胆小。

黑崎穿着紫色上衣没搭配蝴蝶领结，非常适合他，存在感很强。千鹤看到都吃了一惊。

千鹤走上前推着轮椅出了门，轮椅直接通过升降台进到了车里。

千鹤坐在黑崎的旁边，努在副驾驶座上闹着小情绪。

“新娘呢？”黑崎用略带讽刺的语气问道。

“我妈妈带她到会场。衣服也好好选过了。”

“很期待。”黑崎笑得很奸诈。

“我和妈妈联系一下。”千鹤拿出手机给母亲打电话。

“千鹤，你那边怎么样了？”

“刚出门，和黑崎先生一起。”

“我们这边正在给绫子换衣服。”昭江说道，“我们距离酒店很近，还有时间。”

“那我们在酒店见。”

听到千鹤这么说，昭江说道：“代我向黑崎先生问好。”

“啊？”千鹤一头雾水，但是电话已经断了。

“还顺利吗？”

“顺利。妈妈还说向您问好。”

“哦，是吗？”黑崎说道，“您有一个好母亲。”

“嗯……”

“昨天晚上我们通过电话了。”

千鹤很惊讶，说道：“您和我妈妈？”

“嗯。我们商量了很多。”

千鹤看着黑崎，问道：“您在计划什么？”

但是黑崎一言不发，慢慢闭上了眼睛。

到了酒店，负责人在门口等候着。

“恭候光临。”

千鹤推着轮椅下了升降台，酒店的工作人员跑过来想要帮忙，但是黑崎抬手阻止说道：“不用了，让她推着就行了。”

千鹤推着轮椅进了酒店。

“我给您带路。”负责人站在前面说道。

努依旧闹着小脾气跟在千鹤的后面。

“我妈妈她们……”

“是的，现在正在赶来的路上。”

也就是说绫子她们先到了。

“记者会现场正在布置。”

“好的。”

“当然黑崎先生的房间已经准备好了。”

几人乘电梯抵达了宴会厅，千鹤推着轮椅进了休息室。

“那么，等客人到了我马上带他们过来。”负责人行礼出去了。

“啊呀啊呀。”努痛苦地把领带松了松，说道，“喘不过气来。”

“真拿你没办法。”黑崎苦笑着说，“适应一下领带吧，难道要游手好闲一辈子吗？”

努听后耸了耸肩膀说：“这世上又不是只有必须打领

带才能做的工作。自由职业大多数都不需要打领带的。”

“就你，能做什么样的自由职业？”

听黑崎这样说，努无力反驳。

千鹤解围说道：“总之在记者会上先忍一忍吧，为了绫子小姐。”说着悄悄地握了握努的手。

没等多久，千鹤的母亲就来了。

“您久等了。”一身套装的昭江明显是业内人士的模样，“我女儿承蒙您的照顾了。我来介绍一下，这位是新时代未来的新星，大泽绫子。”

这时候大家都退到了旁边。随后，绫子走了进来。

“哦。”黑崎忍不住提高了声音。

千鹤也呆住了。

绫子不仅换了发型，化了妆，服装也很清新古典，非常适合她的形象。

最重要的是她身上有一种自信，仿佛在说：“怎么样？我很美吧？”

虽说是新星，什么作品都没有，但她这种不可忽视存在感让人惊讶。

“好美啊！”千鹤终于忍不住赞美。

“谢谢。”

绫子稍微拘谨的语气让人看到了以前的影子，千鹤稍微松了一口气。

“努，你觉得怎么样？”

听到绫子这样问，努结结巴巴地说道："嗯……非常漂亮。"

千鹤装作不经意地扫了一眼努，心情复杂。努的目光像是钉子一样钉在"变身"后的绫子身上。

这个花心大萝卜！

努现在的心情显而易见——要是这么漂亮的话，结婚也不是一件坏事。

"黑崎先生，您看可以吗？"昭江说道。

"嗯，她能成为明星，不，应该已经可以称为明星了。很了不起。"就连黑崎看到绫子都仿佛忘记了千鹤的存在。

千鹤感觉索然无味了，说道："都别站着了，坐下吧。"

会场非常大，虽然没有满座，但是对于一个完全没有名气的新人，这样的记者发布会阵容还是让人震惊。

当然主角就是大泽绫子，但是对于问题的回答和情况的说明都是由绫子出演的电视剧的制片人来回答。

昭江就像影子一般站在会场的角落里，满足地看着眼前这一切。

而记者们大多惊艳于绫子的存在，比起问问题，更热衷于拍照片。

制片人看时机成熟，主动挑起话题："关于大泽绫子小姐，还有一件事要和大家说明。”

这句话就像暗号一样，昭江快速行动，打开旁边的门，把努叫了出来。

千鹤推着黑崎的轮椅，站在离会场入口最近的地方。虽然离绫子所在的位置最远，但还是能清楚地看到绫子。

千鹤始终有一点不能理解：黑崎为什么要特意来这种地方？而且还说和母亲通了电话。他们说了什么？

本来想问问妈妈，但是没有单独相处的时间。

“我来介绍一下。”制片人说道，“这位是大泽绫子小姐的未婚夫安井努先生。”

努稍微有些害羞地朝绫子走过去，绫子站起来迎接他并在他脸上亲了一下。

这一切流畅自然，千鹤都震惊了。虽然有可能是母亲要求他们这样做的，但是一点刻意的痕迹都看不出来，这个吻足以证明绫子的天赋。

这时，看到这一切的媒体当中自然响起了掌声。

努和绫子并排而坐。

“绫子，你能向大家介绍一下未婚夫的事情吗？”

听到制片人催促道，绫子正了正身子略扭捏地说道：“他是个很温柔的人……”

昭江慢慢靠在了墙上，注意着会场的气氛。

最艰难的时候到了。

因为，绫子决定自己把她怀孕的事告诉媒体。

“其实，我有话要跟大家说。”绫子说道。

昭江屏住呼吸，这时，她口袋里的手机振动起来。

是关于工作的，昭江不能无视，只能掏出手机看。是陌生号码。

“我肚子里有了孩子。”绫子说道。

一时间，会场充满了不可思议的气氛。这时候，不知道谁开始鼓掌，然后自然而然地热烈起来，掌声响彻会场。

这样的掌声一点都不刻意，甚至还带着鼓励的意味。

成功了。昭江想。和自己计划的一样，绫子得到了媒体的认可。

“虽说这不会影响电视剧的拍摄，但是听了医生的意见，我们也终于放心了。当然，没有剧烈动作的场面，绫子小姐本人也安心了。”

会场里响起了轻微的笑声。

昭江再次感觉到了手机振动，拿出手机，发现是同一个号码。

不停地打来，应该是有什么急事吧。于是昭江一边走向角落一边接通了电话。

“喂。”

“请问您是工藤先生的妻子吗？”

是一个陌生男人的声音。

“我是工藤。”

“我是受您先生之托打来的。”

“我丈夫？”

“您先生在外面晕倒了。现在在救护车中。”

这是昭江万万没有想到的。

“那个……”昭江不知该问什么好了。

“我是医生。正好在附近，现在一起在救护车上。”

“那真是谢谢您——”

“您先生让我打这个电话号码。”

“我知道了，我丈夫怎么样了？”昭江问道。

“好像是腰部突然疼痛，原因需要仔细检查之后才知道。”

“这样啊。”

“现在正在赶往S医院的途中，需要把电话给您先生吗？”

“好，麻烦了。”

昭江看了一眼对面回答记者问题尚显青涩的绫子。

等了一会儿，电话那头传来声音：“昭江吗？”是丈夫略带微弱的声音。

“老公，你没事吧？”虽然知道不可能没事，但是昭江还是顺口就问了出来。

“现在好点了，打了止痛针。”

“那个，对不起，我现在脱不开身，不能马上赶去你那里。”昭江有些犹豫地说道，“现在正在开记者招待会。”

“啊，我知道。我这边没事。到了医院医生会给我诊治的。”

“结束了我马上就赶过去，是在S医院对吧？”

“应该是吧……不要着急。”

“我会尽快过去的……老公？”

电话被挂断了。

就在这时，里面的大泽绫子和安井努已经被记者的摄像机重重包围住了。

“其实还有一件事要和大家说。”制片人插话说道。

会场内又安静了下来。

“大泽绫子小姐能出道，还有一位重要的大企业家赞助人。这对于新人来说，是一个非常好的开始。”

“请问是哪位赞助人？”有人提问。

“一家清凉饮用水制造商，非常有名的K公司。”制片人说道，“下面就让我来介绍一下这位在K公司担任重要职位，并且为我们添加助力的人——黑崎隆之介先生。”

千鹤听到黑崎名字的时候惊讶得说不出话来。

“你在干什么？”黑崎提醒道，“往前推。”

“好。”千鹤说着，向前推动轮椅。

黑崎能喜欢出席这样的地方，这本身就很让人震惊。

“黑崎先生，欢迎您。”制片人跟黑崎握了握手。

千鹤加紧步伐迅速把轮椅推到了绫子和努旁边。

有人给黑崎递了话筒，黑崎接过来后环视一圈现场的媒体。

“各位当中也许有人认识我，作为一个企业家，我很少出现在公众面前。今天出资赞助这位大泽绫子小姐，有一个原因就是安井努其实是我的外甥。”

记者们都在拼命记着笔记。

“为了这两个年轻人，我想尽一份微薄之力。”黑崎说道，“他们两人的婚礼定在一个月以后，希望能得到大家的祝福。”

千鹤站在黑崎的轮椅旁边，正好看到黑崎脸上浮现出得意的笑。

过了一会儿，黑崎接着说道：“还有一件事，和这两位一起举行婚礼的还有一对夫妇。”然后，黑崎抬头望着千鹤，说道，“就是我和这位工藤千鹤小姐。”

霎时间，千鹤愕然地站在那里，任凭媒体的摄像机不停地闪光拍照。

“真是的！”终于剩下她们母女两人的时候，千鹤咬牙切齿地说道，“为什么您都没跟我提到只言片语？”

“黑崎先生说他知道你的一切。”

“我是说，您倒是问问我呀。”

此刻，黑崎回到了休息室，千鹤把她妈妈一把拽到了走廊。

“但是，黑崎先生说你已经答应了他的求婚。”

“那是……我只是没有说反对的话而已。”千鹤在闹小情绪。

“你到底想怎么样？”昭江问道，“要是不愿意，还是说清楚的好……”

“但是，我要是惹黑崎先生不高兴了，岂不是对妈妈您不利？”

“跟这件事没关系。”昭江皱着眉头，“又不是演年代剧，他也不会像恶人一样霸占人家女儿的。”

“妈妈。其实我生气的是您什么都不告诉我，就已经决定好了一切。”

“哦——那你并不是反对结婚这件事本身了。”

“我自己也不清楚。”千鹤摇摇头说道，“也可能是一时间的错觉，我被那个姓黑崎的男人的行动力所吸引，也许这并不是爱情。”

“千鹤……”

“我自己会决定，妈妈你别担心。”

“我知道了。对了，我要去医院了。”

“出什么事了？”

“你爸爸病倒被送往医院了。”

千鹤一时不知道说什么好，只能站在原地……

最后的工作

坐在医院等候室的工藤，看到下了出租车赶过来的昭江。

从明亮的户外赶来，昭江并没有发现其实工藤就坐在旁边。

眼看昭江就要从眼前走过去，工藤冲着她喊道："喂，我在这儿。昭江，我在这儿。"

已经走过了几米的昭江听到声音，停下了脚步回头看。

"老公，你在这里啊。"

"你刚才就这么走过去，吓了我一跳。"

"因为我来晚了，很着急。"昭江喘着气，"绫子每天的采访都在增加，单就这个已经够我忙的了。"

"不是很好吗？"

"是啊。她可能会成为我们事务所最大的明星。"昭江肯定道，"好了，我们走吧。"

“走？去哪里啊？”

“当然是去听听检查结果啊。”昭江一头雾水地说道。

“喂。”工藤苦笑着说，“你以为医生都闲着等我们吗？”

“嗯？那——”

“我刚才一个人的时候已经问过了。”

“但是，不是让我们两个一起吗？”

“都说了我一个人也没问题的。”

“那结果是……”

“啊，说没什么好担心的。”

“什么呀……我还一直很担心呢。”昭江好像终于松了一口气。

“让你担心才能对医生心怀感激。喂，去吃点什么吧。我饿了。”工藤拉着昭江的胳膊说道。

昭江看着工藤以风卷残云之势干掉了猪排饭，惊呆了。

“你好像几天都没有吃饭了。”昭江一边吃着荞麦面一边说道。

“之前一直为今天的检查结果而担心。”工藤说道，“一点食欲都没有。”

“太好了，没什么事。”

“啊——喂，我的茶！”工藤大声喊道。

“那也就是能出席千鹤的结婚仪式了？”

“就算她不让我出席，我也要去。”工藤说道。

“对了，对了，千鹤说，那个姓黑崎的人帮你找到工作了。”

“是吗？真是谢谢他。”

“不用硬撑着去工作。你身体也不好，要不要暂时休息一段时间？”

“不，一旦开始工作，就好了。人就是这样。”

“要是这样就好……”昭江的电话响了，站起来说道，“不好意思……”

“喂！”她接通电话，走了出去。

工藤脸上的笑瞬间消失了。

“您要的茶。”

“谢谢。”工藤慢慢喝着茶。心想，我真是一个好演员。

工藤说服那位一定要他们夫妻二人一起来听诊断结果的医生，自己听了检查结果。那仿佛是一份“宣告”。

“很遗憾，已经晚了。”年轻的医生用略带戏剧性的语调说道，“恐怕做手术也没用了。”

“这样啊……谢谢。”工藤说道。

他还能说什么呢？

昭江回来了，打断了他的思绪。昭江毫无察觉地谈起了刚才那通电话：“说是有人愿意做一档直到绫子生产为止的电视节目。在演艺圈生孩子也是大事。”

出生和死亡。世界上是通过增加与减少来达到平衡的啊。

昭江快速吃着荞麦面，喝了一口茶说道：“我说，老公。”

“什么？”

“那个人怎么样了？”

“哪个人？”

“五月小姐和弥生啊。”

“啊……嗯。”

“你忘记她们了？”

“没有，但是……”

“很担心吧？”

“算是吧。”

“她们有什么消息吗？”

“完全没有。”工藤摇了摇头说道。

努在床上翻着身。

突然，他清醒了，一下子睁开了眼睛。

“你醒了？”

镜子前一个女人白皙的裸体在晃动。

那是……千鹤？但是，千鹤有这么瘦吗？

“还早着呢。”那人回头说道。是大泽绫子。

是啊！他和绫子睡觉了。

努想起了绫子光滑的肌肤触感。

“你起来了。”努说着伸了一个大大的懒腰。

“再过三十分钟昭江女士就来接我了。”绫子说道，“我洗个澡，马上就出来。”

“哦。”

绫子光着身体穿过卧室进了浴室。

努听到流水的声音传来，他看着天花板自言自语：“我都干了些什么啊。”

他曾经很爱千鹤，真的很爱。

但是一切变了。千鹤被黑崎的魅力（虽然努完全不知道魅力在何处）所吸引，而努也要和绫子结婚了。

然而，说实话，现在的绫子是迷人的。

那个乖巧的、经常梨花带雨的绫子现在像换了一个人一样大大方方，充满了自信。

努本来就对自信的女孩子没有抵抗力。更何况，绫子现在就要成为“艺人”了。

努现在也应作为“绫子的未婚夫”而开始被大家认识。努对于这件事并不排斥。

“但是……”努并没有忘记那件事。

在酒店的房间里，杀死坂东之后还非常平静自然地告诉努的绫子。

这个绫子也是绫子。而且现在绫子的肚子里还怀着坂东的孩子。

这样下去，他就会和绫子结婚，成为肚子里孩子的父亲，过着照顾孩子的生活……

电话响了。

努接通之后那边说道:“我是昭江，绫子起来了吗？”

“现在在洗澡……啊，现在出来了。”

绫子裹着浴巾从浴室出来，从努手里接过了电话。

“您好，我是绫子。早上好。”

努听着绫子和昭江商量着今天的行程，进了浴室。

即使洗澡，努还是没有完全醒过来—— 一走出浴室就听到绫子催促自己:“我说，快点准备一下！”

绫子已经准备好了。

“啊？”

看到努没听懂的样子，绫子解释说：“你和我一起去。和昭江女士商量了一下就这么决定的。”

“去哪儿？”

“电视台。参加早上的访谈节目。”

“等一下！那不用我参加吧？”

“但是，是谁陪在我身边很重要。电视上也许会出现一下你的镜头。”

“喂，没有人跟我说这件事啊。”

“拜托了，我现在正在重要时期。”

话音未落，绫子给了安井努一个温柔而又热情的吻。

“好吧。”努也不讨厌出现在电视上。

“我穿什么好呢？”努问绫子。

“早上好！”弥生元气满满地打着招呼跑走了。

“拜托您了。”

五月和幼儿园的老师低头致意后，看着弥生消失在同班同学的人群里。

“不用担心。”有人说道。

五月回头看到一个白头发的老人。

“啊，园长老师。”

“她已经融入同学当中了。”园长笑着说。

“拖您的福。”

“不，您担心也是应该的。中途转学进来的孩子，有的人怎么都无法融入进去，但是弥生没有问题。”

他们出了园区，边走边说。

“但是园长老师，我所担心的不仅仅是弥生。”五月说道，“反而怕因为弥生的存在，对其他的孩子不利……”

“我明白。”园长说道，“代代木先生在社会上有很多问题要解决，但是那和弥生没有关系。”

“您这么说，我就放心了……”

“您不用担心。只要在这所幼儿园里面，弥生和其他孩子都可以安心。”

在正门的地方，五月再次对园长表示感谢，之后转身走向停在远处的白色的车。

“怎么样？”代代木坐在车里一边用着笔记本电脑一边问道。

“嗯，元气满满。”五月坐进车里，“这真是一家好的幼儿园，谢谢。”

“都是别人的功劳。”代代木抱了抱五月，凑得越来越近。

“不行。”五月推开代代木，说道，“三个小时以后我还要去接她。”

“是啊。”代代木也笑了。

“你和夫人怎么样了？”五月问道。

“最近一直都没有见过。”

“不可以，还有孩子们呢。”

“是她在躲着我，没办法。”代代木说着，视线又重新回到电脑上。

“但是……”

“我不会让你再次经历危险。”

“但是……不知道什么时候还会发生同样的事。”

代代木看着五月，随手合上了笔记本电脑屏。

“五月。”

“嗯？”

“我们结婚吧。”

五月吃了一惊说道：“但是，夫人她——”

“离婚！”

“怎么可以……”五月还没有说完，代代木已经抱住五月吻上了她的唇。

五月推开代代木，说道："这……结婚，不可能的。"眼光避开不看代代木。

"为什么？"

"这不是明摆着吗？夫人是田所先生的女儿。"现在五月也非常熟悉代代木的状况了，"田所先生是不会同意你们离婚的。"

"不，我已经和他说了这件事，他也表示理解。"

"说了和他女儿离婚的事？"

"嗯，对于田所先生来说，守护组织更加重要。"代代木说道，"现在的组织没有我不行。田所先生深知这一点。"

"但是，那也……"

"确实，惠美是不能接受和我离婚什么的吧。她一直在向她爸爸控诉。但是，即便是这样，田所先生还是理解我。"

五月紧紧握住代代木的手，说道："我好开心。我也不想做别人的情人，而是做妻子。同样，也是为了弥生。"

"那……"

"但是，父亲都拗不过女儿的。就算一时之间不管，也不可能任她伤心难过委屈的。"

听了五月的话，代代木想了想说："听你这么一说……我都没有想过这件事。"

"总之，我不想闹得你死我活的。我们不能把自己的幸福建立在别人生命的基础上。"

“你真善良。”代代木快速亲了五月一下，说道，“那我和老婆和平分手，你就嫁给我吗？”

“当然了。”

“好，交给我了。”代代木挺了挺胸说道。

“你快走吧。不是还有工作呢吗？”

“你怎么办？”

“我在附近喝喝茶。”五月说道。

“好吧。”

车慢慢绕到幼儿园附近停了下来，五月从车上下来。

代代木也下了车，说道：“快放学的时候来接你们吧。”

“不要勉强。”五月微笑着说。

就在这时——

“代代木。”有人喊了一声。

五月吓得不敢呼吸。

一个男人手拿枪站在那里，枪口对着代代木。

代代木的手下想从车上下来，但是被代代木阻止了。

“求你了，不要杀他。”五月对着杀手双手合十恳求道，“你的目标是我对吧？”

“不，并不是。”代代木摇了摇头说道，“惠美的命令是要了她自己丈夫的命。对不对，横山？”

横山的枪口直指代代木的心脏。

“老公——”

“没事。”代代木抱着五月的肩膀，说道，“专业的杀手不会在杀人之前还叫他的名字。”

横山表情严肃，说道：“我也犹豫了很久。我受到委托，一旦接受就不能犹豫。但是这次却不一样……”

“你心里应该清楚吧。今天你接受了赏金，我就得死。但是你也不可能活着回去。”

“我知道。我无所谓。但是，杀了老大就会引起无谓的争端，很多不相干的人会死。现在已经不是小混混逞一时之强的时代了。”

“你考虑得很清楚嘛。”代代木肯定道，“你能放下枪吗？我绝对不会伤害你。”

一时之间横山还是用枪指着代代木，但是最终肩膀像脱力了一样放下了枪。

“谢谢。”代代木说道，“可不能死在这里。你能跟我一起去田所先生那里吗？”

横山把枪放进上衣内兜里。

“好。”

“老公。”五月抓住代代木的手，紧张地说道，“不要让他们父女互相残杀这么残忍！”

“交给我。”代代木亲了五月一下。“好，我们走吧。”代代木说完就和横山一起上了车。

五月看着车快速地消失不见了，还站在原地思索着什么……

总体结束

昭江在家里的客厅里迷迷糊糊睡着了，她听到有人叫她。

“妈妈。”

“嗯？”她睁开眼睛说，“要上场了吗？”

“讨厌。”千鹤笑着说，“我不是绫子。”

“啊，对不起。”昭江甩了甩头说道，“是我做梦了啊。梦到电视台录影迟到了……”

昭江看着一身正装的千鹤，说道：“很适合你，很美，千鹤。”

“谢谢。”

千鹤和母亲并排坐在沙发上，说道：“没想到我这么早就要穿上婚纱了。”

“改尺寸没问题吧？”

“昨天确认了。今天早上已经到婚礼现场了。”

“哦。”昭江说道，“对不起，千鹤。”

“什么？”

“不管自己的女儿。”

“妈妈专心于努和绫子的婚礼就好了。”

“我想应该没忘记什么事情。这一个月简直做了十年的工作量。”昭江叹了一口气说道。

“但是，不是挺好的吗？”

大泽绫子，电视台对她的待遇已经是明星级别的了。

今天的婚礼也是，虽然没有现场直播，但是各大电视台和媒体都赶了过来。昭江高兴地说简直有十倍的宣传效果。

努刚开始的时候也不情愿，但是随着自己已经习惯了跟媒体打交道，对于“大泽绫子丈夫”这个角色也有了改观，开始觉得也不错……

“千鹤。”昭江拉住千鹤的手说道，“我让你有很多痛苦的回忆……你觉得和黑崎先生结婚你会幸福吗？”

“不结婚谁都不知道的。”千鹤耸了耸肩膀说道，“但是，现在我待在他的身边和他一起工作，很开心。”

“那就好……”

“而且他还是个有钱人。”千鹤有些调皮地说道。

“你爸爸呢？”

“我们去看看吧？”

这时候工藤穿着一整套西装进来说道：“现在不用抓紧时间吗？”

“爸爸，我都认不出你来了。”千鹤像是开玩笑似的说道，“果然是人靠衣装。”

“定制的穿上感觉不一样。”说着他正了正领带，“有没有歪？”

“没问题，很帅的，老公。”

“是吗？说得我都不好意思了。”工藤笑着说。

是啊——今天是我重见天日的日子。

“爸爸，别哭啊。”千鹤说道，“新娘的父亲哭之类的都太老土了。”

“别开玩笑了。”工藤苦笑着说，“哭的是你妈妈吧。”

“妈妈还要忙另一对儿婚礼呢。”

“是吗。两对儿同时举行婚礼，不知道你们在想什么。”工藤一边照着镜子，一边说，“我应该染染头发的。”

“不要刻意装年轻啦。”

“但是……千鹤，”工藤回头说道，“我确实让你妈妈添了不少白头发吧。”

“嗯，也是。”

“我知道自己错了。”

“您突然就改过自新了，我们还不习惯，对吧，妈妈？”

“是啊。”昭江微笑着说，“好，我们先出去吧。老公，再等一会儿也可以，你说呢？”

“我自己在这里待着也没意思，去对面喝咖啡吧。”

“是啊。那我们走吧。”

昭江感觉现在和工藤之间夫妻的感觉又回来了。

“今天工作室的其他工作人员也都会去，约好在会场的酒店碰头。”

“可以……”

对于千鹤的婚礼，昭江虽然是新娘的母亲，但是因为还有努和绫子婚礼的事要操办，所以她不能穿短袖和服而是穿了黑色的套装，戴了一条明亮的项链。

三个人出了家门。门前停着一辆事先预约的出租车。

“我坐前面。”

“后面可以坐三个人的。”

“不，前面可以睡觉。”工藤坐到了副驾驶座上。

昭江和千鹤坐下之后，车缓缓开出……

“怎么这么多人？”五月进了酒店的大堂，面露疑惑。

“好像并不是欢迎我们的。”代代木说道。

“应该是有什么活动吧。”五月牵着弥生的手说道，“不要走丢了。”

这时出来迎接他们的人赶了过来，说道：“恭候多时。”

“嗯。出什么事了？”

“实在抱歉。不太清楚，只听说是今天有人在这里举行婚礼。”

“在这家酒店？”

“是的。好像是一个月之前临时决定的。那时候我们已经预订了这家酒店……不过，宴会在别的楼层。”

“等等。”五月说道，“莫非是大泽绫子的婚礼吗？”

“啊，是的。好像说是奉子成婚，想尽快举办婚礼——”

“原来是在这家酒店啊。”

“你认识？”代代木问道。

“老公，工藤的女儿和他们一起举行婚礼。”

“是吗。那——”

也就是说工藤今天也会来这里……

当然，虽然并不是一定要怎么样，但是确实不太想见面。

“怎么办？要去别的地方吗？”

“不用，我想应该不会见到。”五月说道，“没关系，毕竟对方女儿结婚，应该不会闹事的。”

“也是。好，那走吧。”代代木他们走向电梯。

现在五月和代代木一起带着弥生生活在外面的公寓里。

惠美知道她雇用的横山叛变了，所以她一个人藏了起来，把两个孩子放在田所那里。

现在，五月就是代代木实际上的“妻子”。

上了电梯，代代木说道：“出来迎接的时候小心点。

有媒体在，不要太扎眼。”

“明白。”

电梯中间没有停，一直上到最高层的展望台。

以田所为首的组织的主要人物要在这里碰头开会。

当然，大部分的部下都在警戒，但是为防万一，代代木还是告诫他们不要惊扰到普通的客人。

“那你就去那边吃点甜点。”代代木对五月说道。

“嗯，不用担心我。”

“一个小时应该就能结束。”

“我知道了。”

代代木走进了一个大的包间。

“好了，我们坐到视野好些的座位上去吧。”

五月牵着弥生的手走到了展望台，临窗而坐。

“你要吃什么？冰激凌？”五月一边看着菜单一边说。

“我要吃巧克力冰激凌。”弥生很清楚自己喜欢什么。

今天五月也想吃一点甜食。平时会担心发胖，但是今天点了满满都是奶油的巧克力派。

“妈妈也吃巧克力口味的吗？”

“是啊，一样的哦。”五月笑着说。

这时候弥生抬头说：“爸爸。”

真不巧……

五月明明想避开不见面，但是工藤竟然出现在了展望台上。

但是，好像工藤更加吃惊，睁大眼睛说道：“五月……”

“你……”五月假装平静说道，“今天是你女儿的婚礼吧？”

“嗯……你也知道了啊。”

“在电视上看到了。”

“我顺便就和她们一起来了，但是也没什么能做的。弥生，你看起来不错啊。”

工藤变了。五月想。

那种戾气和愤愤不平都不见了。

“你现在看起来很不错。一时间我都没有认出来。”工藤笑着说，“我可以待在这里吗？当然，我可以去那边……”

“不，没关系的。”

“哦，不好意思。”工藤点了一杯茶。

“你现在怎么样？”

“和代代木一起生活，很幸福。”

“是吗？那就好。”工藤肯定道，“我也承受着老婆的好意。作为一个男人真是不像话。”

“但是，你看起来并没有受委屈的样子。”

“倒是昭江平时很在意我的感受。”

巧克力冰激凌端了上来，弥生专心吃着。

“你……哪里不舒服吗？瘦了很多。”五月问道。

“能看出来吗？”

“感觉……如果是我多心了，你别介意。”

“不是……”工藤迟疑了一会儿说道，“呼——有一个能说出来的机会真好，我时间不多了。”

“你——”

“是我净糟蹋自己的身体的原因啊。之前检查身体，说是已经没救了。”工藤的语气很平淡。

“啊——你妻子知道吗？”

“我没说。她很忙，我也不想打扰她的工作。”

“怎么会……”

“能和你说说真是太好了，能找个人倾诉一下果然心情轻松很多。”

“住院了吗？”

“我不想住院，还想多多少少再帮一帮老婆孩子。”

“但是……”五月说道，“你想怎么帮？”

工藤没有说话，正好茶端了上来，他放了很多糖，笑着说：“多放点让它甜一些，真有意思。至于怎么帮，是个秘密。以后你会明白的。”

工藤快速地喝完了茶，说道：“那我走了，再见——你保重。”然后他站了起来，“哦，对了，这个多少钱？”

“算了，会记在代代木的账上的。”

“但是多不好意思啊……算了，就让他请吧。”

“嗯，然后，老公。”

“嗯？”

“我可以和你联系吗？”

“不，还是不要了……”

“那你打给我。什么时候都可以。”

五月写下了自己的电话号码，交给了工藤。

“我收着。”工藤说着放到了口袋里，“弥生，保重啊。”然后用手轻轻摸了摸弥生的头。

然后，快速走向电梯消失了。

五月看着自己的冰激凌已经开始融化，流到了底下的托盘里。

工藤说的“帮忙”到底是指什么事？

五月要帮他付茶费，他并没有介意，他在抚摩弥生的时候眼神里有一种光芒。

工藤好像下了什么决心似的。这决心是什么，不得而知……

“弥生，你能在这里乖乖等一会儿吗？”

“嗯，我能吃妈妈的巧克力派吗？”

“可以，你在这里待着。”五月说完站了起来。

“对对，电视台的摄像机不可以进入婚礼现场。婚宴上可以随便拍。嗯，拜托了。”

昭江一边在走廊里快速地走着一边打电话。

大泽绫子和努的婚礼要比普通人的难上好几倍。

虽然她也担心千鹤那边怎么样了，但是还是没有时间过去看看。

昭江正想跑着去确认一下婚宴接待处的情况，这时候听到有人喊：“工藤小姐。”

与她擦肩而过的一个女人说话了：“昭江小姐。”

等她停下脚步，已经走出去一段距离了。她回头诧异地问：“您是？”

“您是昭江小姐吧，我在电视上见过您。”

“您有什么事……”

“我是曾经跟您的丈夫一起生活过的村冈五月。”

“啊？”昭江疑惑了。

“碰巧我来这里有别的事。”五月说道，“夫人，我有话跟您说。”

“那个，我今天很忙。”

“我知道。但是，关于您先生的事，我必须说。”

“哦……”昭江没办法点点头。

于是五月和昭江坐在还没有人气的婚宴入口的沙发上。

五月把今天偶遇工藤的事情说了。

“现在我和别的男人生活在一起，他很疼爱我的孩子。”

“这样啊。”

“夫人，关于今天的婚礼，您先生有说什么吗？”

“您是说我女儿的吗？不，并没有……”

“我说这样的话您可能会吃惊……您还不知道您先生生病的事情吧？”

“我先生？”

听了五月的话，昭江脸色惨白。

“我先生真的……”

“他说不想打扰您的工作。虽然这不应该由我来说。”

“我就觉得他是不是哪里不舒服。”昭江说道，“但是，没想到……”

“您先生今天也许会做什么事情。很可能是要舍弃自己生命的事。”

“舍弃生命……但是，我不知道什么事情会让他这样做。”

“这样啊……那我不应该多管闲事。不好意思，打扰您了。”

“没关系……”

昭江站起来想要走，然后又说道：“您女儿是叫弥生对吧？”

“是的，今年五岁。”

“这样啊，正是可爱的时候。”

“您先生最后摸了摸弥生的头……那时候我看到他眼里有泪水。好像在说再也不会见面了。”

“流泪……”昭江的手机响了。

“那我先走了，保重。”五月在昭江点头示意之后快速离开了。

五月走向电梯。

不知道是参加哪家婚礼的盛装打扮的一家人一起上了电梯。

惠美远远地看着电梯门关上。

五月是一个人……

但是不能着急，还有机会。

惠美知道自己的丈夫代代木今天会来这里。

她穿着宴会工作人员的制服。谁都不会注意她。

“我要让你们后悔。”惠美自言自语道。

五月回到最高层的展望台，看到代代木喝着咖啡，和弥生坐在一起。

“对不起。”五月急忙说道，“刚才碰到工藤——”

“嗯，我听弥生说了。”代代木说道，“其实，可能还需要一些时间。”

“出什么问题了吗？”

“不是，是田所先生说自己要从这一行完全退隐。”

“那——退隐是指？”

“嗯，虽然现在也算退隐，但是有这样的会面还是会参加。因为有时候他不在，很多事情没法解决。但是……”代代木犹豫了一下说道，“从今天开始，他说自己和组织完全没有关系了。”

“果然还是因为惠美小姐……”

“嗯。果然还是为惠美的事做出了回应。他知道惠美要杀我，说是想着不能再袒护她了。”

“心情我可以理解……”

“总之他的态度很坚决。所以，还有很多事要商量。”

“我等你。”

“订个房间，去那里等我吧。”

“嗯。那我随便吃点晚饭，然后让孩子睡一觉。”

“就这么办吧。喂！”

听到代代木招呼，一个部下跑了过来。

代代木命令部下帮五月她们准备了房间。

“会议开始了。”有人来叫代代木。

“知道了。开完会联系你。”

“嗯。”

代代木飞快地在五月的脸颊亲了一下，快步离开了。

酒店正门的自动门开了，坐在轮椅上的黑崎和推着他的安井努走了进来。

早就在等待的电视台记者一下子都围了上来。新闻媒体、周刊、运动类报纸的记者也来了很多。

“恭喜！”有人说着。

“请问您现在是什么心情？”

黑崎什么都没有回答，倒是安井努因为受到了关注而开心地笑着。

“喂，好好推。”黑崎一脸不情愿地说道，“你又不是明星，别搞错了。”

“有什么不好，今天舅舅你也是明星。”

兴奋的努知道，在众多媒体面前，舅舅是不会训斥自己的。

黑崎苦笑着。

黑崎的礼服上戴着玫瑰花，很不好意思。而努穿着白色的礼服。

昭江在媒体猛烈拍照的时候，走过来迎接他们，用稍微大一点的声音说道：“恭候多时。”

“您好。她呢？”努问道。

“绫子已经进去了，现在正在换婚纱。”

“好想早点见到她。”

“喂，别得意忘形。”黑崎说道，

“今天辛苦您了。”他转而对昭江说。

“不用客气，千鹤那边也刚刚准备完。”黑崎默默地点点头。

昭江分开媒体的人群，说道：“我带两位到休息室等候。”

走在前面的昭江停下了脚步，她看到工藤站在前面。

这是工藤和黑崎第一次见面。

昭江对黑崎说：“那个，他是千鹤的父亲。”

“您好……”

黑崎微笑着说：“您好像很恨我。我是黑崎。”然后伸出了手。

一时间工藤没有动，最终脱口而出：“我是工藤。”然后也伸出了手，和黑崎握住，“女儿就拜托你了……”

“我不会让您的女儿后悔的。”

“嗯。请多关照。”

黑崎的大手紧紧握住了工藤的手。

昭江松了一口气。因为她知道老公讨厌黑崎。当然，当父亲的可能都会有这样的感情吧。

昭江带着他们走向电梯。

工藤快速离开了人群，走向展望台。

电梯里剩下黑崎、努和昭江三个人。

“终于松了一口气。”黑崎好像很高兴似的说道，“还担心千鹤父亲会给我一刀呢。”

“啊，怎么会……”昭江也笑了起来，她突然想到了村冈五月的话。

“您先生打算舍弃自己的生命。”五月这样说的。

难道真的是多虑了吗？

工藤要杀了黑崎？不会是真的吧？

昭江又开始担心工藤的病。

工藤向自己隐瞒了病情，却和五月说了。

不，比起这个，昭江对自己没有发现丈夫的病情这件事，内心更加受打击。

丈夫的病情还要由丈夫以前的情人来告诉自己。这是多么的屈辱啊。

但是，现在不是谈这件事的时候。现在最重要的是平安无事地办完两对新人的婚礼。

田所看上去老了很多。大概，坐在那里的人都看出来了吧。

“老大。”之前的伙伴说道，“您再考虑一下吧。”

也许还有其他人有同样的想法吧。

但是，也有人会想接下来我就是老大了。

“放过我吧。”田所静静地微笑着说道，“我不想让你们看到我一副悲惨的样子。你们能明白的吧？”

大家都沉默着。

“当然，我女儿的事也是原因之一，我不否认。惠美现在不肯露面。她因为自己的任性而让组织陷于危机之中。”

“但是，惠美已经是大人了。她应该自己承担责任。”

“我知道。但是……外孙们现在在我那里。要是知道自己的母亲被我杀了，应该会很伤心的吧。”

田所看了一遍所有的人，说道：“我已经决定了，你们就听我这一次吧。”

“我明白。”一位在组织很久的人说，“您为了大家已经做得很好了。”

“谢谢。”

“问题是接下来怎么办？”有人问道，“谁来代替您？”

“我要说的就是这件事。我想不应该再找上年纪的人在幕后做主了。现在组织交给代代木，做得很好。要是在他的上面再放一个人的话，并不能说是明智的做法。”

田所正面看着代代木，说道：“你好好管理组织，听到没有？”

代代木没有回答。

他不能拒绝。问题是其他的成员能否认可。

长时间的沉默之后，响起了掌声。

一个人，两个人，三个人……

全员通过。

代代木脸上微红，静静地站了起来，深深地鞠了一躬。

“呀。”努走到了休息室，他双臂交叉放在胸前，说道：“电视台的摄像机一直对着拍，哈欠都不能打一个。”

“我说，努。”

“嗯。”

“我们结婚以后你就和千鹤断了吧。”

“当然了。而且，千鹤已经有舅舅了。”

“我明白，但是还是有点担心。”绫子说道，“对你不放心。”

“我？”

“如果敢背叛我，我一定会杀了你。”穿着婚纱的绫子坐到椅子上。

“很漂亮！”努说道。

“谢谢。”绫子很高兴地说道，“你也很帅气。”

听着绫子不像是开玩笑，努吓得脸色苍白。

“当然，你是不会这样对我的，对吧？”绫子笑得天真无邪。

所有的一切都格外美好。

努和绫子的婚礼非常气派奢华。

当然，也花了很多钱。而这些钱都是由黑崎出的。

昭江惊讶于黑崎对于钱的运用：该花钱的地方可以做到物尽其用，而不需要花钱的地方一点都不会乱花。

黑崎非常知道如何取悦媒体，简直到了让人觉得不可思议的地步。

这句话对于黑崎自己的婚礼也非常适用。

黑崎和千鹤的婚礼远比绫子他们的要低调朴素得多。因为他们知道再奢华也没有意义。

绫子和努的婚宴几乎算是对外公开的，来了很多人。而黑崎他们的婚礼则低调很多，十分温馨。

但是，也有令昭江忍不住苦笑的事——不知道有没有需要同时参加两场婚礼的人。

昭江作为母亲，尽量出席了黑崎和千鹤他们的婚礼。

刚坐下来一会儿，昭江便开始担心安井努和绫子的婚宴进行得顺不顺利，坐立不安之后，最终跑了过去……

千鹤到了“换装”的时间[①]。

千鹤穿着婚纱走出了会场。

“累死了。”千鹤走到廊下，忍不住感叹道。

“没事吧？”昭江说道。

“需要换衣服。”一位女性工作人员说道，她将千鹤她们带到休息室。

“妈妈。”千鹤一边走一边说道，“您肯定很担心绫子那边吧，您去吧，没关系。”

“没关系。那边进行得很顺利。”昭江说道，“我想看着自己的女儿换装。结束之后再过去那边。”

“嗯，您别担心我这儿。”到了休息室，一件紫色的敬酒服在等着她换上。

“我饿了。”千鹤叹了一口气说，“但是，现在还不

---

① 按日本习俗，在婚礼仪式结束之后，婚宴前新娘重新换上另外的隆重的服装。

能吃东西对吧？”

“没关系的。”那位女性工作人员说道，“要是不吃点什么，中途身体会不舒服的。带上一个三明治吧。”

“拜托了。”昭江说道，“工作人员已经很熟练流程了。”

“妈妈，”千鹤说道，“爸爸是不是有点不对劲？”

昭江心头一紧，她也是刚听说了丈夫的病情。

“感觉，他并不是很开心……”

“那也没办法呀，毕竟黑崎先生年龄在那儿摆着呢。”昭江笑着说，“而且，做爸爸的一般都舍不得女儿嫁人的。”

“要只是这样倒还好……他一直都在喝酒，但是也不见有醉意。”

昭江对千鹤一直关注丈夫的表现非常惊讶。

“放心吧，妈妈会留意的。”昭江说道，“对了，黑崎先生真能吃啊。我都震惊了。”

“是啊。别看他身体不方便，坐着轮椅，胃口却好。可能是一直忙于股票买卖消耗了能量吧。”千鹤终于笑了。

一个接一个的人来到田所的面前和他握手，还有人眼带泪光。

终于剩下了代代木和田所两个人。

“您累了吧？”代代木说道。

“没事，没关系。”田所笑着说道，“终于放下了肩上的重担，松了一口气。”

“去酒吧放松休息一下吧。”

“不了，让我一个人待会儿。”

“但是……”

“那个女人和孩子怎么样了？”

“在酒店房间休息。”

“那你快去吧。她是个好女人。”

“谢谢您。”代代木感觉心里被什么堵住了似的，“让您担心了……”

“好了。怎么说我也是你的岳父。担心自己的孩子和外孙是应该的。”

“车已经在等您了。”

“我打出租车回去。”

“这点小小心意您就……那样我也很难做的。”

“好吧，那我就用你的车。”田所笑着说，然后，他又一脸认真地问，“现在有惠美的消息吗？”

“对不起，虽然我一直在寻找她……”

“是吗？那也没有办法。好了。我在这里稍微休息一会儿就回去。”

“是，那我就先走了……”

田所对正要离开的代代木说道：“赶快和那女人结婚吧。”

“谢谢您。”

代代木快速走出了房间，剩下田所一个人。

想想，自己也很少一个人。自己一个人也好。

门被打开，服务员推着餐车进来了。应该是来撤下餐具的吧。

总不能一直待在这里吧。

田所站起来，脚下一个没站稳差点摔倒。

“您也老了呀。”那个服务员说道。

“惠美！”田所看到自己的女儿拿着枪正对着自己。

“你想干什么？惠美。”田所问道，“你想杀死自己的父亲吗？”

“是您先斩断了我们之间的父女情义的。”惠美说道。

“那是因为你太叛逆了。”

“我只是在守护我自己的幸福。”

“别说傻话了。”田所的表情变得柔和了，“如果你开枪，就再也不能挽回了。”

“我和代代木之间，现在已经没法回头了。”

“这世上还有很多男人。不是吗？好好地和孩子们一起生活，仔细考虑考虑吧。”

“您明明想杀死我。”

“不，我不会那么做。”田所摇摇头，“我已经金盆洗手。惠美，和爸爸一起搬到乡下生活吧。”

惠美的脸上闪现出一瞬间的忧郁。但是，马上就消失了。

“我的尊严不允许。”惠美说道，“只有杀死夺走代代木的女人才能解我心头之恨。”

“你……如果你这么做，代代木就会杀了你。”

“没关系。我要让代代木后悔，后悔选择那个女人而不是我。”

“你……”

“我不会杀死那个女人。我要杀死她的孩子，在那个女人面前。如果因为代代木而失去了自己的孩子，那个女人也不会跟代代木结婚了。”

惠美的嘴角浮现出了笑意。

“你才三十六岁，还可以再结婚组建家庭。你想一辈子待在监狱里吗？”

“那也是我的人生。”

惠美扣动了扳机。随着一声尖锐的枪声，田所捂住肚子倒了下去。

“浑蛋！”田所喊道，“给我个痛快！”

惠美再次扣动扳机，这次不偏不倚，正好地打中了田所的心脏。

“恭喜你，老公。”五月亲了一下代代木说道。

“谢谢。但是，这样一来去哪里都要带保镖了。”

“VIP 待遇。”五月笑着说。

她拉着睡醒午觉的弥生的手，来到了酒店的大堂。

“好多人，出什么事儿了？”大堂被很多摄影师占据了，代代木看到此情景后问道。

“恭候多时。”代代木的两个手下站在电梯前说道。

“出什么事儿了？”

“之前跟您提起过的，有人在这里举办婚礼。好像要来大堂。”

“啊，我也想去看看啊。”五月说道，“没关系吗？可能会碰上工藤的女儿……”

“嗯，没关系。”

代代木和五月、弥生一起退到了大堂的角落里。

“现在两对新郎新娘出来了。”一位女记者尖叫着。

安井努和绫子，坐着轮椅的黑崎和穿着紫色礼服的千鹤乘着电梯从宴会厅来到了大堂。

记者们迅速围了过去。

五月注意到，工藤的妻子站在女儿千鹤旁边，而工藤站在他们身后不显眼的地方。

工藤也将大堂扫视了一圈，发现五月之后点头致意。

然后他快速移动，消失在人群里。

而此时的惠美紧紧地握着放在口袋里还发热的枪。

五月和弥生正在大堂的一角。

“好了……开始吧。”惠美自言自语道。然后她穿过人群，慢慢地靠近五月母女两人。

工藤忘不了，他忘不了和千鹤在百货大楼重逢时遇到的场景以及千鹤对他说的话。

千鹤被一个七十岁的老男人用钱束缚着。为了钱，她成为一个姓黑崎的人的情妇。

他怎么能容忍这样的事情发生。现在，不知道黑崎是用什么手段让千鹤答应结婚的，绝大可能就是用钱。

作为一个父亲，他不允许女儿选择这样的人生道路。

当他得知病情的时候，他就知道这是上天给他的启示。

现在，他非常清楚自己应该做什么。

工藤静静地穿梭在满是人的大厅里，右手紧紧地握着放在口袋里的刀。

很简单，只要朝着黑崎的心脏猛然一刺。

但是，千鹤就在黑崎的身边。这让他很不安，千鹤应该料想不到自己的父亲会做这样的事。

轮椅有靠背，也不能从后面刺杀黑崎，必须从正面。

眼下，大部分的媒体都把注意力放在安井努和绫子身上。

好，没问题。这是可行的。工藤这样想。

在大厅的一角，正在召开大泽绫子的见面会。昭江守在身边。

昭江，你工作很忙。那就由我来守护千鹤的幸福。

一想到那样的一个老人玩弄千鹤的身体，单凭这个就足以让身为父亲的工藤对他充满杀意。

这时他突然发现五月拉着弥生的手站在大堂。旁边站着代代木。

与此同时，他看到酒店的人突然非常慌张地朝着代代木那边跑去。发生什么事了？

代代木的手下挡在酒店工作人员的前面，问道：“什么事？”

“那个，我找代代木先生。”

“我问你发生什么事了，说！”

听到手下跟酒店的人在说着什么，代代木回头问道：“出什么事了？”

“这家伙说有急事……”

“什么这家伙，注意你的用词。”代代木正色说道，然后向酒店的工作人员问道：“发生什么事了？”

“出大事了……”胸前戴着名牌的酒店工作人员说道，“刚才在房间里，田所先生……”

“怎么了？”

“那个，去世了。”

“死了？”

“是的。是收拾房间的服务员发现的。”

“那——是被杀死的吗？”

“看起来是的。胸口有枪口……应该是被枪杀的。

血流了一地……”

五月听到了他们的对话，紧张地问道：“老公……”

“是惠美干的。”代代木严肃地说，“报警了吗？”

“是的。那一层的经理已经报警了。这样做，可以吗？”

“当然。如果报警晚了反而会被警察怀疑。这是应该的。”

“谢谢。”

原本担忧不知道代代木会怎么说，酒店的工作人员一直战战兢兢，现在终于松了一口气：“那我们应该怎么跟警察说呢？”

“我会留下来解释的。”代代木说道。

“方便麻烦您吗？”

“其他的人应该已经全部撤回来了吧？”代代木说道，“五月，对不起，你先带着弥生回去吧。”

“我知道了。”

“嗯，我可能会被留住一两天，不用担心。反而，你要小心惠美……”代代木说完叹了一口气，接着对手下命令道：“喂，把这件事通报给今天到这儿的全员。”

“明白。”

“老公……”五月忍不住抓住了代代木的手腕。

“那一枪打在胸口，我就知道是惠美做的。”代代木说道，“他应该死得很痛苦吧。”

“但是，说到底，是因为我……”

“好了。如果这样想，老人会死得很可怜，很冤屈。”

“嗯……”

“惠美应该已经逃跑了吧，但是大家还是要小心。”

“嗯。”五月点点头。

不知什么时候五月放开了弥生的手，等她回过头来，发现弥生已经不见了。

“弥生——”

去哪儿了呢？五月四处张望寻找。

然后，在一个柱子的阴影处——

“弥生！”

从柱子的阴影里出现的除了弥生，还有抱着弥生并用枪指着弥生的头的惠美。惠美穿着服务员的衣服。

“你想干什么?!”代代木上前一步。

“再靠近我就开枪了。”惠美说道。

“不要！”五月用颤抖的声音说道，“你想杀的是我吧？拜托放开我的孩子。”

“惠美，不要做这么卑鄙的事。那孩子是无辜的。”

“我有这个权利，报复的权利。”惠美说道，“我让你和那个女人活着，但是我要杀了这个孩子，我要让你们后悔一辈子。”

“求你，不要啊！”五月跌跌撞撞地向前，苦苦哀求，“是我不好。”

“可惜，我一旦决定的事一定会做到底。”

被用枪指着的弥生，好像并不知道发生了什么，呆呆地看着五月。

“别杀我的孩子！”五月跪下来双手合十哭求。

“看来，你也并没有做好当代代木老婆的心理准备啊。”惠美狰狞地笑道，“你一定要承受自己的孩子被杀的痛苦。”

“惠美——”

“老公，你也是，当老大就要有当老大的样子。女人嘛，想要多少都可以。”惠美握着枪的手突然发力，转而对弥生说，“好了，对妈妈说再见。”

“不要！”五月尖叫着。

下一个瞬间，惠美突然吸了一口气，睁大了眼睛，然后她抓着弥生的手突然松了，弥生跑向五月。

“弥生！”五月抱住弥生，看着惠美。

发生了什么?

五月靠在柱子上，大口地喘息着。

“老公！”五月看到了站在惠美对面的工藤。

“赶上了。”工藤说道。

惠美痛苦地呻吟着。她的背部被一把刀深深地刺入。

“你是……”惠美重新拿起枪，对准工藤。

“住手！”代代木冲向惠美。

但是，惠美已经扣动了扳机。

尖锐的枪声响彻大厅，工藤后退了两三步，最终捂住胸口，跪在了地上。

代代木一把夺走了惠美手里的枪。惠美整个身体崩塌了一样瘫坐在地上。

“老公！”五月抱着弥生冲向工藤。

工藤的手伸向弥生，用沙哑的声音说道：“太好了……，我……帮上了你的忙……”

然后工藤倒在了冰冷的地板上。他胸前的血不断扩散，最终聚成一大片。

在大堂的人终于注意到了这边的异常。

“快！”五月尖叫着，“快叫救护车！”

大堂顷刻乱成一团。

“爸爸！”千鹤穿着礼服，冲过人群跑了过来。

千鹤抱住工藤，工藤张开眼睛，声音极其微弱：“你……”

“爸爸！”

“计划……被打乱了。”工藤笑着说。

“什么？”

“我……最终什么都没做好……”

“爸爸，您不是救了那个孩子吗？”

“我……想救你。”

“救我？”

“对不起。”

“爸爸，您是什么意思？爸爸！”

但是，工藤的话断断续续，最终也没有说完。

“千鹤。”昭江赶了过来。

“妈妈……”

“怎么会变成这样……老公！”昭江握住工藤的手。

工藤已经有些神志不清了，再次慢慢睁开眼睛说道：“是昭江吗？”

“老公，你撑住，我马上送你去医院。”

“算了……反正我都是要死的人了。”

“老公……”昭江说着，开始吧嗒吧嗒掉眼泪。

千鹤从父母的身边退开了。

父亲长时间不知去向，和母亲不在一起生活，但是母亲现在还是哭得很伤心。千鹤知道，这时候作为女儿不应该打扰他们。

“静静地看着就好。”不知什么时候，黑崎自己转动着轮椅来到了千鹤身边。

“嗯。”千鹤站在黑崎旁边，轻轻地把手放在黑崎的肩上。

靠在柱子上的惠美，现在还有意识。当然手枪已经被代代木拿走了。

“救护车马上就到，你忍一忍。”代代木单膝跪在惠美的旁边说道。

“别管我。”惠美看着代代木恨恨地说道，“不要救我。干脆给我一枪，这样我还能痛快些。”

“我拒绝。”代代木摇摇头说道，“那你就不会因为成为杀人犯而受到惩罚了。”

“你不是成为真正的老大了吗？恭喜你。”

“也并不是我想成为的。”

“是啊。你总是这样……”惠美剧烈地咳嗽，咳出了血。

“别说话了。”

“我先说好了……”

“我过后会听你说的，那些恨我的话。”

“没有以后了，我知道。”惠美痛苦地呼吸着，“你知道我是怎么知道你们今天会来这里的吗？”

代代木从惠美的眼神里看到了嘲弄般的笑意。

“你想说什么？”

“是你的同伴中的一个告诉我的。就是今天出现在这里的某个人。是他告诉我的……”

“你说什么？”

“他还给了我手枪。他想让我杀了你。”

“你够了——”

“人之将死，你还不相信吗？”

“那你告诉我到底是谁。”

惠美嘴角浮现出微笑：“我不会说的。你记着，就在今天鼓掌的人中，有人想杀你……”

“惠美——”

“我要你在今后的每一天，时刻都沉浸在自己随时可能会被杀的担心中度过。”惠美的眼睛像盯着远方一样说道，最终用尽力气，身子一下子沉了下去。

“喂！惠美！告诉我那个人的名字。”代代木抓住惠美的肩膀用力摇晃。

惠美迷迷糊糊睁开眼睛，颤颤巍巍地说道：“不要因为我死了就放心……”

“惠美……”代代木看着妻子慢慢咽气。

酒店的正门处，警车和救护车都已经到了……

“弥生没事吧？”代代木问道。

“嗯，她睡了。”五月穿着睡袍走进客厅，和代代木并排坐在了沙发上，“她太小，不明白发生了什么。幸好是这样。”

“是啊。”代代木把手搭在五月肩上说道，“总之没事就好。”

五月就那样靠在代代木肩上，说道：“你能那么快回来也真是太好了。”

“嗯，不管怎么说，很多人都看到了。还回放了记者采访的录像。警察也没有要故意为难我的意思。”

“要是今天晚上你不在我和弥生身边，我可能会害怕得睡不着吧。”

“惠美已经死了，没什么好担心的了。”

五月并没有马上说话，过了一会儿：“但是工藤手里为什么会有刀，我实在想不通。”

“啊，是啊。”代代木耸了耸肩膀，“工藤先生已经去世了，真相也不得而知了。但是他救了弥生的命，必须感谢他。”

“嗯，我知道。”五月肯定道，“你帮帮他妻子吧。工藤的后事就交给他妻子，但是她的工作非常忙，如果你有什么可以帮到的地方就帮帮她吧。”

“我会尽心的。”

“拜托你了。”

“现在要办的就是田所先生的葬礼。”代代木有些为难地说道，“还有惠美的葬礼，孩子们还在。

“葬礼要一起办吗？”

“我也这样想过，但是让凶手和被害人一起办葬礼也太说不过去了。虽说他们是父女，但是……”

“但是，一定不要伤孩子们的心。”五月说道。

“嗯，是啊。”

“我可以出席吗？”

“当然，你要去。”

“但是，老公……”

“什么？”

“田所先生的葬礼结束了，我就带着弥生搬走吧。”

“你说什么？”代代木哑然，问道，“为什么？”

“我都听到了。惠美临死之前说的话。”

“惠美的话……”

“惠美说组织中有人想杀你。”

“你说这个呀——是惠美编造的话。”

“你怎么敢肯定是编造的呢？”

“那……”代代木一时语塞，接着说道，“确实……可能存在这样的人。但是，最终没有得手，他以后也不会轻易出手了。”

“这只是你一厢情愿吧。要是真想杀死我和弥生怎么办？今天要不是有工藤在，弥生就被杀了。那些保护你的人不也没起到作用吗？”

“啊，那是因为……”

“你要是被杀了，我和弥生也会被赶尽杀绝吧。既然早就知道会有这样悲惨的结局，还是现在就分开吧。”

“等等。”听着五月的语气很强硬，代代木困惑了，说道，“那你说怎么办？”

“查清楚惠美说的那个人到底是谁。”五月说道。

“查清楚之后呢？”

“杀了他。”

代代木不敢相信自己的耳朵：“你说什么？你是认真的吗？”

“为了保护我女儿，当然是认真的。”

代代木叹了一口气说道："你听我说，我明白你的心情。本来我们的世界就是弱肉强食。即便杀死一个人也不能保证说其他人没有相同的想法。"

"那就都杀死。"

"不要乱说。"

"我是认真的。为了不被杀死，只能先下手为强。要不然我们不能在一起。"

五月像变了一个人似的，用那种严厉的眼光死死地盯着代代木。

"听我说，现在已经不是阿尔·卡彭[①]的年代了，不能无声无息地杀死那么多人了。"

"没有这个必要。只要找到惠美说的那个人，杀死他。然后大家就会因为害怕而收手的。"

"五月……你是说真的要这么做吗？"

"你现在是最大的那个不是吗？这样他们才能臣服于你。要让他们知道逆我者亡。给手下的人以震慑，他们才能听你的。"

代代木被说服了，而且五月的话让他热血沸腾。

"我知道了。总之你要待在我身边。我们正式结

---

① 意大利裔美国人，于 1925—1931 年掌权芝加哥黑手党，因斗殴脸部留下疤痕而有"疤脸"的绰号。美国电影《疤面煞星》（*Scarface*，1983 年）就是以他的生平为蓝本。

婚吧。”

“那要在这件事结束之后。”五月说完站起来，“还有件事我想让你做。”

“我好害怕呀，什么事？”

“我想跟你生个孩子。”

五月解开系带，脱了浴袍。

“五月……”

代代木呆呆地看着五月赤裸地站在自己面前，放下一切防备，敞开心扉。

“然后我就完全成为你的妻子，成为守护这个组织的男人的妻子。”

五月张开双臂。

代代木呼吸急促地站起来，猛地抱住五月，然后把她抱起来走向卧室……

活下来

“托大家的福。葬礼相安无事地结束了。”代代木站起来说道，“虽然最终他们父女都很不幸，但是人死了，怨恨也都忘了吧。我想他们葬在一起也不是一件坏事。”

出席的骨干们都静静地鼓掌。即使有人不满也不会表现在脸上。

“这顿饭是庆祝我们有一个新的开始，请尽情畅饮。”代代木说道。

长长的桌子旁坐的都是组织的骨干。

“谷内老爷子去哪儿了？”代代木看着唯一的一个空位问道。

“刚才还看到他了呢……”

“又在哪里睡着了吗？”

笑声响起。

谷内已年过七十，经常在开会的时候睡着。

“总之我们先吃吧。”代代木说道，“这家店的海鲜非常新鲜，味道很好。是用那个大水槽里还在游着的东西做的。”

七八米宽的巨大水池里，各类鱼不停地游来游去。

“那是什么？”

“好多不认识的鱼类啊……”

这时，一盘带血的料理被端了上来，大家开始吃。

吃的过程非常安静，只有刀叉的声音在蓝白的灯光下吱吱地响着……

这时不知谁发出一声尖叫：“喂，快看啊！”

一个又一个人停下了手中的刀叉，大家的视线集中在大水池里。

“是谷内老爷子。”

水槽中，除了正在游着的鱼，还漂着谷内的尸体。

因为水流，谷内的手脚像是跳舞一样摇晃着，给人感觉异常不真实。

“已经死了……”不知是谁说了一句大家都知道的话。

“喂，快捞上来……”大家呆了一阵之后，终于回过神来。

只有一个人像是什么都没有发生一样还在继续享用食物的。

大家的视线都集中到这个人——代代木身上。代代木看都没有看水池一眼。

这意味着什么？代代木他早就知道水池里发生了什

么。大家终于醒悟了。

整个房间被沉默充斥着。

代代木终于开口说话了："那个，是个特别大的新鱼类吧。"他放下刀叉，"这就是叛徒的下场。"

大家都被代代木淡淡的口气吓得不敢大声喘气。

"怂恿惠美杀死父亲，绑架弥生的都是他。从惠美的手枪就能看出来。"代代木说道，"我一审问，他就全招了。虽然他说要自己切腹认错，但是把这家店弄得到处是血就太抱歉了。所以我用很简单的办法帮他解决了问题。"

代代木用餐巾擦了擦嘴角，巡视了一圈说道："其他人什么都不用担心。好了，快吃吧。很好吃吧？"说着他又笑了。

在回去的车中，骨干中的一个人终于松了口气。

"代代木那家伙疯了！"他像是不吐不快一样说道。

这时口袋里的电话响了。

"喂。"

"是我。"是另一个骨干打来的。

"喂。"

"你现在在车里？我也是。代代木这样做，你是怎么想的？"

"我吓呆了。"

“我不仅吓呆了，简直都要吓尿了！那家伙就那么理所当然地杀了谷内老爷子。不可原谅！”

“啊，怎么说也是元老。”

“本来他就是个打杂的，是我们一步步把他抬上去做老大的。”

“嗯……”

“那家伙以后会让他不喜欢的人都消失的。”

“他会做得那么绝吗？”

“肯定会！逆我者亡。代代木一旦尝过这样的快感之后就不会忘。他还会再这样做的。”

“那怎么办？”

“趁现在赶快做点什么。放任不管只会让他任意妄为。我说，我们联手，干掉代代木。什么？还有别人也这样想？现在还为时不晚——”

突然，他大叫道：“喂！你在干什么？！”

“刹车失灵了！”

“快停下来，危险！”

电话那头只听到一声惨叫就断了线。

刹车……这位骨干放下手里的电话。

“喂！停车！”车停到了路边。

“您怎么了？”手下疑惑地问道。

“没事……今天晚上我坐电车回去。附近的车站在哪里？”他顿时出了一身冷汗……

“让你久等了。”代代木回到酒店的房间里说道。

“辛苦了。”五月站起来抱住了代代木。

“弥生呢？”

“在隔壁房间睡觉。”

“嗯。”

“顺利吗？”

“嗯……解决了三个人。”代代木有些声音僵硬地说道，“这样应该就没人敢忤逆我了吧？”

“你做得真好。”五月亲了代代木一口，赞许地说道，“现在你是真正的老大了。”

“啊……我现在没有食欲，现在有什么吃的吗？”

“那我们叫吃的到房间里来吧，你想吃什么？”五月问道。

其实真相是，谷内并没有所谓的“招供”。

这只是代代木做的杀一儆百的警告。到底是谁给惠美的手枪，最终也没查清楚。

所以，就只能让年龄最大、死了也没人管的谷内消失了。然后就是让对代代木这个老大不满的两个人以意外事故的形式消失。

这样就好。这样就再也没有人敢违背代代木的意思了。

用恐怖主义支配。——代代木感受到了这种麻药的魅力。

“我们办婚礼吧。”代代木说道，“很盛大的那种。”

“嗯。展示一下你强大的力量。”

“还有你的。”

“呀！”五月微笑着说道，“我什么都不是，只是你的妻子。节制一点哦……”说着，五月又温柔地亲了代代木一下。

“果然。”黑崎用餐巾擦了擦嘴角说道，“手艺没落下。”

“您过誉了。”信子一边收拾盘子一边说道，“夫人您觉得呢？”

“很好。”千鹤说道，“信子小姐能回来工作，我真是太高兴了。”

“谢谢您能这么说……”

信子微笑着：“为了您二位，我会尽最大的努力的。”

“拜托了。”千鹤说道。

“老爷，您现在要洗澡吗？”

“嗯，好吧。”黑崎点点头。

“我来帮你吧。”千鹤说道。

“我一个人没问题的。”信子一边推着黑崎的轮椅一边说道。

“那拜托你了。”千鹤一个人坐在了沙发上。

信子已经康复出院回来上班了，千鹤几乎不再做家务。

“这就是所谓的‘夫人’吧。”千鹤说出来之后自己还有些不好意思。

还是忙一点好。千鹤就是这种闲不下来的性格。

“对了。”明天黑崎要外出，要给他选出要穿的衣服。

千鹤总是挑显年轻的衣服，黑崎有些不好意思穿，但穿上确实看起来年轻，他也很高兴。

千鹤回到卧室，从柜子里拿出两三套衣服放在床上对比。

“这个搭配裤子，这个配那边的……”这不知不觉过了二三十分钟。

“洗澡时间好长啊……”

千鹤决定去浴室看看。

她敲门没有人回应，里面也没有水声。

“信子小姐？老公？”千鹤打开门，发现信子赤裸着身体坐在浴池边上。

“信子……你在干什么？他呢？”

听到千鹤这样问，信子平静地微笑着说道：“老爷休息了。”

“啊？”

“在水里。他再也不会醒来了。”

千鹤走近浴池。

她发现黑崎沉在浴池的水底，睁着眼睛，不动了。

千鹤惊得倒吸一口气，说道：“信子！你——”

“老爷是我的人。”信子挺胸抬头地说道，“我和老爷要永远在一起。”

信子手拿着一把切肉的刀。千鹤吓得缩回身子。

“我不会把老爷让给任何人。”信子说着，用尖刀割断了自己的喉咙。

血立刻溅了出来，溅到了千鹤身上，吓得她直后退。

然后，信子的身体慢慢倒向了水中。血立刻把水染红了。

千鹤吓得两腿发抖地走出浴室，坐在地毯上，一时间动不了身体……

“想不到我这么年轻就当了未亡人……”千鹤说道。

“你真不容易啊。”母亲昭江说道。

墓地上，冬天的枯木之间吹来冷风。

“媒体也终于平静了。”千鹤说道，“现在也终于能来扫扫墓了。”

“是啊。但是……”昭江摇了摇头说道，“明明是那么鲜活的生命。”

“女人的怨恨真可怕。”

“是啊。你没被杀死真是万幸。”

“好了，我们去下一处吧。”

两人并肩走着，下意识地对视了一眼，两人忍不住都笑了。

在同一片墓地，千鹤的父亲工藤也埋在这里。

“我们母女都是未亡人啊。”千鹤说道，“不过，我在法律上还是单身啊。”

她和黑崎并没有完成登记。因为黑崎嫌太麻烦，她也不想催他。

“我的朋友们都说，打官司的话，我也是可以得到财产的。”

“你要怎么办？”

“不需要。”千鹤摇了摇头说道，“我是被他的魅力所吸引，不是为了钱。”

“你觉得好就好。”

“总之，现在还没有大学毕业，要好好读到毕业……我在妈妈你手下工作吧，怎么样？”

“我们工资很低的。”

“够吃饭就行。话说回来，绫子不是很受欢迎吗？”

“是啊。要是能像这样顺利成为巨星的话……”

“努那家伙，继承了黑崎的大部分财产。但是，有绫子在他身边，应该不会做什么出格的傻事吧。”

她们来到了千鹤父亲的墓前。

“好了，把花放下……”

两人烧香插好，双手合十。

“我说，千鹤……”

“嗯？”

“我怎么都想不通。”

“什么？”

“那时候为什么你爸爸手里有把刀。”

“是啊……但是，因此救了弥生的命，不是很好吗？”

工藤的墓，是代代木建的。说是为了感谢他对弥生的救命之恩。

其实千鹤心里清楚，父亲当时是为了刺杀黑崎。

但是，真相只有死者自己知道。

“啊，风……”

一阵强风吹过来，吹灭了香，吹散了花。

“啊——真是没办法啊。”昭江苦笑着说，“被风这么一吹……也不知道今后大家各自的命运会怎样。就像月亮一样啊。”

“嗯……”千鹤点点头说道，“圆满，缺失……人生，就是不停地这样循环往复吧。”

“这是大学生常说的话吗？”

两人一起笑了。

“啊，不好意思。”千鹤的手机响了，是努打来的。

“呀，千鹤。”

“努，你还好吗？”

“你现在在哪儿？”

"在扫墓，给父亲和丈夫。"

"啊……绫子说让我把舅舅的财产分给你。"

"没有这个必要。"

"不……你多少收一点吧。"

"为什么？"

"绫子一定是想……给你封口费。我想。"

"坂东的事，对吧？"千鹤不经意看了一眼不远处的妈妈。

绫子杀了坂东，并怀了他的孩子这件事，只有努和千鹤知道。

"你接受的话，绫子也就放心了。可以吗？"

"那，我下次去找你商量。"

"嗯，拜托了。"

"努，你现在和绫子还好吧？"

"嗯……她总是很忙。"

"你是她丈夫，要好好守护她才行。"

"嗯！不知怎么，最近感觉她要生的就是我的孩子一样。"

真是个老好人。千鹤差点说出口。

"那我再联系你。代我向绫子问好。"

千鹤挂断了电话。

"是努打来的？"

"嗯。回去的路上我们去吃点什么吧？"

“好啊。不过，晚上还要录电视节目，我要陪绫子去。”

“赚了不少吧。”

母女二人走向墓地的出口。

寒风更强了，发出了呼呼的声音。这声音像是对活下来的人发出鼓励一样……

／为了自己想要的，只有一直不停争取索要。
等到放手时，我却拥有了一切……／

赤川次郎·最新作品

あかがわ　じろう

Mo推理

赤川次郎・最新作品

あかがわ　じろう

1《夜半的惊醒》

拼尽全力，自己的生活依然不断下坠。即使再危险，我也决不让更多人重蹈覆辙。

2《黯夜的呼唤》

为了抓住即逝的幸福，我们将灵魂弃于黑夜。黑暗中哭泣的灵魂啊，未来还会重现光明吗？

3《随风而去》

为了自己想要的，只有一直不停争取索要。等到放手时，我却拥有了一切。

4《泪如雨下》

从未感受过幸福的人，一旦品尝过就再难割舍。即使是冒牌的身份，我也要堂堂正正地守护这份温暖。

5《一个人的生活》

元气少女依子的独居初体验——恋爱、助人、解决麻烦……经历人生的各种第一次！惊喜（吓）满满，感动满满！

M。推理

赤川次郎・幽灵系列

あかがわ　じろう

1 《幽灵列车》

幽灵列车/背叛的诱拐/冻结的太阳/局部有雨/善人村之村祭

2 《幽灵候补生》

幽灵候补生/双胞胎之家/狮子在睡觉/巷子里好像要下雨/棺材里的睡美人

3 《幽灵同好会》

名侦探的催眠曲/蓝胡子，现出原形吧/穿红鞋的女孩/送子鸟今天休息/被杀死的尸体/幽灵同好会

4 《幽灵心理学》

影子一样的男人/二度刺死睡美人/幸福的杀人/银座杀人传说/幽灵心理学

随风而去

〔日〕赤川次郎｜著　　只读文化工作室｜出品

版权登记号：01-2016-9122
图书在版编目（CIP）数据

随风而去 /（日）赤川次郎著；赵文梅译．—北京：现代出版社，2019.3
ISBN 978-7-5143-7273-1

Ⅰ．①随…　Ⅱ．①赤…②赵…　Ⅲ．①推理小说－日本－现代
Ⅳ．①I313.45

中国版本图书馆 CIP 数据核字（2018）第 179161 号

随风而去

作　　者　〔日〕赤川次郎
译　　者　赵文梅
责任编辑　赵海燕　朱文婷
出版发行　现代出版社
通信地址　北京市安定门外安华里 504 号
邮政编码　100011
电　　话　010-64267325　64245264（传真）
网　　址　www.1980xd.com
电子邮箱　xiandai@vip.sina.com
印　　刷　三河市宏盛印务有限公司
开　　本　787mm × 1092mm　1/32
印　　张　8.5
字　　数　156 千字
版　　次　2019 年 3 月第 1 版　2019 年 3 月第 1 次印刷
书　　号　ISBN 978-7-5143-7273-1
定　　价　38.00 元

寻找唯一的真相